PAUL FÉVAL Fils

LA HACHE D'ABORDAGE

TOME SECOND

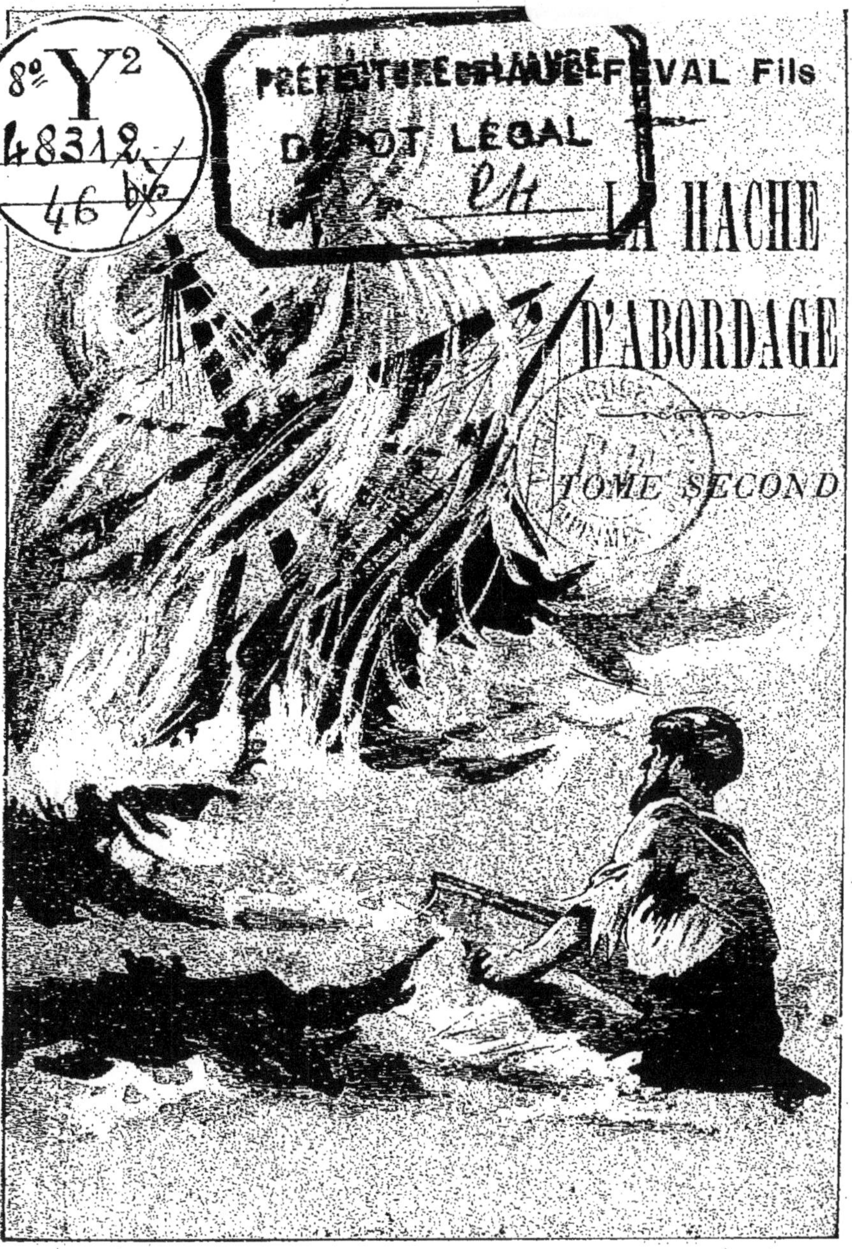

20 Centimes. — Algérie, Colonies et Étranger : 25 Cent. (Port en plus)

Collection A.-L. GUYOT, 6-8, rue Duguay-Trouin, Paris

LA HACHE D'ABORDAGE

PAUL FÉVAL FILS

LA HACHE D'ABORDAGE

TOME DEUXIÈME

PARIS

Collection A.-L. GUYOT

6 et 8, rue Duguay-Trouin, 6 et 8

LA HACHE D'ABORDAGE [1]

PREMIÈRE PARTIE

JUSTICE SE PAIE !

(Suite)

XII

Deux histoires d'amour *(suite)*

— Expliquez-vous, dit-elle.

— Dans un de mes voyages, commença le vieux baron, je fis une longue halte à Venise. Un soir que je me promenais dans une ruelle avoisinant le Grand Canal, j'entendis vibrer à mon oreille les notes claires d'une voix pure. Je m'arrêtai devant la maison d'où cette voix semblait sortir. La maison était de chétive apparence. Sur les degrés de la porte s'asseyait une femme aux cheveux grisonnants et, plus bas qu'elle, un enfant.

« La femme était votre mère, l'enfant se nommait

(1) Reproduction réservée pour tous pays. Traduction interdite.

Lugano. Il écoutait immobile, le regard perdu dans une sorte d'extase.

« Soudain le chant cessa et je m'approchai de la femme pour lui demander :

« — Connaissez-vous la personne qui chante ainsi ?

« — C'est Lia, me répondit-elle, Lia Daltès, ma fille.

« — Savez-vous, lui dis-je, que votre fille possède une voix qui ferait de l'or.

« — Bah ! que de gens m'ont déjà conté la même chose, monsieur ; moi je ne crois pas que cela lui serve jamais. Elle ferait bien mieux d'écouter sa mère et d'apprendre mon métier.

« — Votre métier ?

« — Oui, et un fameux, allez ! Je tire la bonne aventure... Autrefois, quand j'étais jeune, on venait me chercher ; à présent, on me délaisse... Ah ! si Lia voulait m'écouter... Mais, tenez, monsieur, vous auriez peut-être plaisir à connaître votre avenir et, si vous voulez entrer chez moi...

« Je n'avais aucune raison pour mécontenter la pauvre femme à laquelle je m'intéressais déjà à cause de vous ; je la suivis.

« Au milieu d'une petite chambre toute tendue de rouge et sur une table recouverte d'un tapis de même couleur, se trouvait un paquet de cartes.

« Votre mère rejeta le manteau qui la couvrait et m'apparut dans un costume bizarre, bien peu avantageux pour son âge.

« Elle me fit couper les cartes, en mit quelques-unes sur le tapis et appela Black-Mid.

« Je vis alors une petite vipère noire, qui lui enserrait le cou en guise de collier, s'élancer sur son bras nu, gagner la table et, après quelques hésitations, poser sa tête sur quatre ou cinq des cartons exposés.

« Je ne me souviens plus trop quelles furent les décisions de Black-Mid. Pour moi, tout l'intérêt de la séance résidait dans la tête du petit Lugano qui dévorait des yeux la vipère et semblait boire les paroles de votre mère.

« — Que comptez-vous faire de votre fille ? lui demandai-je après un temps de silence.

« — Hélas ! monsieur, je n'en sais absolument rien.

« — Est-elle jolie, cette enfant ?

« — Comme la Madone, mais plus espiègle qu'un démon... Du reste, vous allez la voir.

« Et elle cria :

« — Lia ! Lia !

« Lia ne répondit pas, pour la bonne raison qu'elle s'était enfuie en constatant la présence d'un étranger sous son toit.

« — Vous voyez, monsieur, reprit-elle, c'est un vrai diable, cette enfant. Si seulement elle ressemblait un tout petit peu à Lugano...

« — Votre fils ?

« — Non, mon fils adoptif... Mais pourquoi m'interrogez-vous au sujet de Lia ?

« — Parce que vous pouvez tirer parti de sa voix; elle a un trésor dans son gosier.

« — En faire une cantatrice, murmura-t-elle, c'est bien chanceux. Une seule arrive sur cent qui végetent.

« — Oui, mais si elle était celle-là.

« — Alors, vous voudriez lui enseigner le chant ?

« — Pas moi, un maître.

« — Allons, monsieur, vous vous riez de moi.

« — Vous reviendrez de cette erreur, ma brave

femme, affirmai-je en me levant. Vous me reverrez avant peu. En attendant, voici le prix de votre consultation.

« Je mis un louis sur la table et j'offris une pièce de monnaie à Lugano qui la refusa en me fixant durement de ses yeux noirs.

« J'avais à peine fait quelques pas dans la ruelle que le gamin me rejoignit.

« — Tu veux emmener Lia, me dit-il d'une voix contenue.

« Je le regardai avec stupéfaction. Il n'y avait pas à se le dissimuler, il était animé d'une jalousie féroce.

« — Que t'importe ? lui dis-je.

« Ses yeux me foudroyèrent d'un jet de flammes.

« — Nous verrons bien, s'écria-t-il.

« Le soir même je trouvais à mon hôtel une lettre me rappelant immédiatement à Paris ; cependant je ne partis point avant de vous avoir recommandé chaudement à un vieux maëstro fort riche, amateur forcené de belles voix.

« Quand je revins à Venise, quatre années s'étaient écoulées. Le soir même, j'appris en même temps que le vieux maëstro était mort en vous laissant son immense fortune et que vous aviez pris le train pour Milan, où vous attendait un brillant engagement à la Scala.

« Le lendemain j'étais à Milan. Je me croyais obligé d'assister à vos débuts.

« Dans une loge en face de la mienne se trouvait une jeune fille que je ne pus m'empêcher d'admirer. A un moment donné nos regards se rencontrèrent et, malgré moi, je fermai les yeux, me sentant dominé par un trouble inconnu. Je voulus lutter contre cette impression nouvelle, je ne pus. Et, tout en ayant la ferme intention de quitter la loge, je resta cloué sur mon fauteuil.

« Les paroles de votre mère me revinrent alors en mémoire, les paroles de la consultation de Venise.

« Elle m'avait dit :

« Un jour viendra où vous rencontrerez deux femmes, toutes deux belles à ravir. — L'une embrasera votre être et elle vous fuira. — Quant à l'autre vous vous en servirez pour vaincre la première, et ce sera votre malheur. »

« Une partie de la prédiction s'accomplissait.

« Deux femmes, toutes deux belles à ravir, m'étaient apparues, et déjà l'une remplissait mon cœur.

« Rentré chez moi, je vécus toute la nuit dans une sorte de rêve extatique. Les airs que vous aviez chantés, je les entendais, les répétais mentalement. Je m'approchais de la jeune fille de la loge ; mais lorsque nos mains étaient sur le point de se réunir, un obstacle s'élevait entre nous.

« Je me réveillai brisé, anéanti, les tempes mouillées de sueur.

« Mon premier soin fut de m'enquérir de la position de cette jeune fille. Elle se nommait Rachel Boisdru et était venue passer quelques jours en Italie en compagnie de son père et de sa mère, enrichis par l'élevage du bétail.

L'hiver suivant, un ami me présenta à cette honnête famille à une de leurs soirées. Et moi pour attirer les regards de Rachel, je me mis à donner des fêtes en son honneur dans mon hôtel. Aux yeux de la foule qui encombrait mes salons, je passais pour un homme heureux et pourtant j'avais la mort dans l'âme, car elle semblait indifférente.

Un soir, pourtant, j'eus le courage de lui avouer ma passion.

Elle m'écouta froidement, sans m'interrompre, et à partir de ce moment la famille Boisdru ne se rendit plus à aucune de mes invitations.

Loin de calmer mes sentiments, cette façon d'agir les irrita. Je la suivis partout, et toujours je me vis repoussé.

L'idée que j'avais peut-être un rival vint prendre racine dans mon esprit.

Tourmenté par cette pensée, je rôdais autour de la maison de la rue de Rivoli et finalement me décidais à interroger la femme de-chambre.

Comme je payais largement, elle ne fit aucune difficulté pour m'apprendre que le mariage de Mlle Boisdru avec M. le vicomte Angel d'Urtille était chose décidée et qu'à l'occasion des fiançailles il y aurait une soirée.

Cette histoire n'a sans doute que fort peu d'intérêt pour vous, Lia — laissez-moi vous nommer ainsi, j'ai plaisir à me rappeler l'heureuse inspiration qui me fit rendre service à la petite chanteuse de Venise — mais les amoureux sont toujours portés à causer d'eux-mêmes. Écoutez la fin.

Au cours de cette soirée qui eut lieu hier et à laquelle vous assistiez, j'appris de deux côtés à la fois, par la femme de chambre de Mlle Boisdru et par votre regard qui ne savait pas dissimuler le mal dont vous souffriez, vous aussi, en silence. Désormais, ce qui était encore ténébreux pour moi dans la prédiction de votre mère m'apparut sans ambiguité.

Et si je suis venu aujourd'hui, c'est pour vous dire : « Rachel est perdue pour moi à moins d'un miracle ; mais vous êtes plus belle qu'elle et vous pouvez me sauver. En échange de ce service, moi, Emilia, je vous jure de jeter à vos pieds le grand, le savand docteur Veshumyd que vous aimez sans espoir, ne dites pas non. »

La Daltès s'était détournée pour essuyer une larme.

— C'est vrai, murmura-t-elle au bout d'un instant, je l'aime à en mourir !

— Y a-t-il longtemps que vous le connaissez ? demanda le baron.

La jeune femme répondit sans le regarder.

— Il n'y a pas longtemps, non, et pourtant il me semble l'avoir toujours connu... Tenez, monsieur, confidence pour confidence ; d'ailleurs mon idylle est courte.

Le lendemain de mon arrivée à Paris, dans une promenade à cheval destinée à me faire connaître le Bois de Boulogne, je fis une chute si malheureuse, qu'on dut me transporter évanouie dans l'appartement que j'habitais à l'hôtel Continental. Le médecin qu'on était allé chercher, crut devoir, tant le cas lui semblait grave, appeler une des sommités de la science.

Vous devinez qu'il s'agissait du docteur Veshumyd ?

Le docteur Veshumyd ordonna une médication énergique, me sauva d'une mort certaine et ne manqua pas un seul jour de se rendre à mon chevet.

La fortune ne donne pas toujours la considération, j'en sais quelque chose. Pendant ma convalescence, je fus à même de constater qu'il me traitait avec le plus grand respect, en femme du monde plutôt qu'en actrice. Cette délicatesse me toucha à l'excès. Peu à peu, je me fis une douce habitude de la voir, et quand il ne venait pas je me sentais toute triste.

Quoique le but de ses visites fût essentiellement humanitaire, il était impossible qu'il n'eût pas deviné que je l'aimais. Sa conduite réservée m'étonnait; j'avais la prétention d'attendre une déclaration de lui.

Enfin je pus sortir, j'étais guérie. Le docteur Veshumyd vint me voir une dernière fois et me présenta ses compliments en regrettant de ne pas continuer ses visites agréables pour lui, mais désormais inutiles. C'est là tout le poème de mon cœur, monsieur, vous voyez qu'il n'est ni long ni intéressant. Désespérée de n'avoir pas été comprise du docteur et n'osant parler moi-même, je le laissai s'éloigner, et ce fut alors que j'acceptai un engagement à l'Opéra.

— Et vous n'avez pas cherché à le revoir ? interrogea le baron.

— Je le vois tous les soirs d'Opéra; il ne manque pas une seule représentation.

— Peste ! pensa le baron en se mordant les lèvres ; est-ce qu'il l'aimerait, lui aussi ? Le cas serait curieux.

— Et que comptez-vous faire ? demanda-t-il tout haut.

— Rien, j'ai perdu tout espoir; le célèbre médecin pourrait-il épouser une actrice !

— Acceptez-vous l'alliance que je vous proposais ?

— Non.

— Pourquoi ?

— Parce que vous me faites peur ; parce que vous m'avez fait parler malgré moi ; parce que je ne me

— 15 —

connais pas le droit d'attenter au bonheur de quelqu'un pour le profit d'un autre !... Tenez, monsieur, laissez-moi ; vous venez de faire renaître des souvenirs qui me rendent folle.

— Soit ! fit le baron en se levant ; je me retire, Emilia ; mais, avant de vous quitter, je tiens à vous affirmer que mon idée tient toujours ; je serai plus généreux envers vous que vous-même : je vous ramènerai le docteur...

— Ah ! si vous pouviez dire vrai ! laissa échapper la Daltès.

— Je ne mens jamais, croyez-le bien, ce que je promets je le tiens ; cependant, pour arriver à ce but, il me faut l'assurance de votre concours, voulez-vous me le prêter.

— Oui, s'il ne s'agit pas du docteur ; mais je ne veux sous aucun prétexte causer du tort au vicomte d'Urtille, surtout parce que je le crois incapable de se bien défendre.

Le baron eut un sourire indéfinissable.

— Vous n'aurez aucun reproche à m'adresser, dit-il. Etes-vous libre ce soir ?

— Vous savez bien qu'il y a relâche à l'Opéra... Pourquoi me faire cette question ?

— Parce que je désirerais vous présenter un de mes amis.

— Un ami !... mais quel rapport ceci peut-il avoir avec...

— C'est un secret... consentez-vous ?

— S'il le faut, je veux bien.

XIII

La soirée du marquis

Depuis quelques instants Emilia Daltès était seule dans son boudoir, songeant au singulier personnage auquel elle venait de donner audience, songeant surtout à sa promesse, lorsque Lugano entra.

— Que me veux-tu ? demanda-t-elle.

Sans répondre, l'intendant s'avança jusqu'à la toucher, et dardant sur elle ses prunelles flamboyantes :

— Prends garde, petite sœur, murmura-t-il, cet homme est un porte-malheur.

La cantatrice le regardait curieusement.

— Dis-moi, Lugano, fit-elle tout à coup et comme si cette pensée venait de naître en elle, pourquoi as-tu refusé la pièce de monnaie que t'offrait le baron ?

— Quand cela ?

— A Venise.

— Ah ! c'est vrai... Je la lui ai refusée, parce que je ne voulais rien accepter de lui. Parce que je prévoyais qu'il te deviendrait fatal. Parce qu'alors j'avais peur qu'il ne me séparât de toi, et parce qu'enfin j'avais juré à ta mère de ne jamais t'abandonner... Jamais ! Entends-tu, petite sœur ?

— L'idée de me séparer de toi ne m'est pas encore venue à moi non plus, Lugano, murmura Emilie

d'une voix douce, et la preuve c'est que nous sommes ensemble comme par le passé. Mais j'ai besoin
de cet homme et je veux que tu sois sage.

Lugano pouvait-il se révolter contre une aussi
charmante maîtresse ?

— J'obéirai, dit-il tout haut.

Mais plus bas, il ajouta :

— Et je veillerai.

Le soir de ce même jour, à la tombée de la nuit,
un coupé de maître s'arrêtait rue de Laval, devant
l'hôtel de Mlle Obusier.

En apprenant cette chose extraordinaire, le sang
épais de l'opulente demoiselle retrouva le chemin
de ses joues. Dans sa joie de voir arriver ce qu'elle
prenait pour un riche client, elle eut le courage de descendre de son entresol et, la bouche en cœur, d'aller
au devant de lui pour lui faire ses offres de service.

Mais le possesseur du coupé ne lui en donna pas
le temps.

— M. le marquis du Valdamour ? demanda-t-il.

— Au sixième, numéro 17, répondit Mlle Obusier
un peu décontenancée.

Malgré ses cheveux blancs, l'homme monta les six
étages d'un pas assez leste, frappa à la porte indi-
quée, et se trouva en présence de Robert. Robert était
seul. Cacatois venait justement de le quitter pour
courir le quartier, comme il faisait chaque jour.

— Eh bien ! demanda le nouveau venu, êtes-vous
prêt ?

— Monsieur, murmura le marquis, je regrette
que vous vous soyez donné la peine de venir chez
moi, mais...

— Mais ?

2

46

— Je ne puis me rendre ce soir chez Mlle Daltès.

Les sourcils du baron Therme de Paray, que chacun a déjà reconnu, se froncèrent un peu.

— Ah bah ! fit-il, vous ne pouvez pas, et pourquoi ?

Sous le regard du baron, la timidité de Robert reprenait le dessus ; il rougissait et se taisait.

— Comment, vous ne répondez pas ; que pouvez-vous redouter, ne suis-je pas votre ami ?

— C'est vrai, balbutia Robert ; vous devez être mon ami, puisque grâce à vous, j'ai pu coucher dans un lit et ne pas mourir de faim. Je vous remercie, monsieur ; mais, je vous le répète, il m'est impossible d'aller ce soir chez Mlle Daltès.

— Mon cher marquis, s'écria Therme de Paray, pour un homme d'esprit, vraiment vous m'étonnez... Avez-vous l'intention d'aller vous jeter aux pieds de votre femme ? Non ! alors quelle raison pouvez-vous invoquer ? Comment, après l'existence que vous avez menée vous ne connaissez pas mieux la femme ?

— Que voulez-vous dire ?

— Ceci, mon jeune ami : Sachez que les femmes adorent les contrastes. C'est particulièrement à elles qu'on peut appliquer sans crainte ce proverbe : « Les extrêmes se touchent ! »

Un ciel bleu ou rose les ennuie, un orage les ravit. Elles n'ont la nostalgie de leur pays que lorsqu'elles ne peuvent y rentrer. Qu'elles soient dans un état intéressant ou non, elles ont toujours des envies.

La meilleure est une girouette.

La Daltès, quoique réellement supérieure tant par le talent que par l'intelligence, ressemble à toutes les filles d'Eve. Habituée à voir à ses pieds des hommes toujours recherchés dans leur mise, débitant sans cesse les mêmes compliments, saluant et se retirant avec la grâce d'automates ; la Daltès, dis-je, serait charmée de voir un homme naturel.

Croyez-moi, Robert, l'homme qui se sentirait assez fort pour se présenter chez elle sans s'inquiéter de la mode, simplement, la rougeur au front, le cœur réellement ému, qui, sans phrase, mais avec la foi lui conterait ces adorables niaiseries qu'inspire un amour vrai, celui-là serait sûr d'être le bienvenu.

Or, à part l'habit qui était de rigueur et que vous avez acheté selon mon conseil, d'après ce que je vois, vous remplissez toutes les conditions voulues.

Vous êtes jeune et beau, sous votre enveloppe bat un cœur chaud dont les palpitations donneront à votre langage un accent tout nouveau pour elle.

Allons, beau ténébreux, venez, il ne faut jamais faire attendre une jolie femme que lorsqu'elle vous désire.

Robert n'avait, en réalité, aucune bonne raison à invoquer pour remettre l'entrevue.

Il céda.

— Soit, fit-il, partons.

Le baron Therme eut un gros soupir de satisfaction.

Moins de quinze minutes plus tard, le coupé du baron Therme de Paray les déposait tous deux place Malesherbes, devant cet hôtel d'aspect si particulier qui appartenait à la cantatrice.

— Lia, dit d'un ton fort dégagé le vieux baron dès qu'on les eut fait entrer dans le salon où se tenait la Daltès, Lia, je vous présente mon ami, M. le marquis du Valdamour.

Emilia avait au suprême degré les façons de grande dame, elle répondit au salut du marquis avec une grâce charmante, et d'un geste, lui indiqua un fauteuil.

Tout d'abord, quand chacun se fut assis, régna un silence quelque peu embarrassant. Robert, le pauvre garçon, dont le cœur s'était si follement épris de cette charmeuse se sentit mal à son aise parce qu'il se devinait le sujet d'un examen et n'osait lever les yeux.

Il ne se trompait pas ; Emilia Daltès le regardait, l'étudiait, ne pouvant s'empêcher, malgré le contraste frappant qui existait entre eux, de le comparer au docteur Veshumyd. Certes, pour toute femme ayant le cœur libre, la comparaison, au physique tout au moins, ne pouvait être favorable au savant. Robert, beaucoup plus jeune, était ce qu'on est convenu d'appeler un beau garçon : taille haute et bien prise, figure régulière dont de grands yeux doux et tristes faisaient valoir la pâleur. Elevé dans un autre milieu, cet homme fut évidemment arrivé à faire son chemin, mais l'éducation maternelle l'avait efféminé au point de lui enlever toute volonté : or, pour arriver l'intention ne suffit pas.

Emilia était assez bonne physionomiste, et il lui avait suffi d'un simple coup d'œil pour juger le marquis, aussi sa pensée revenait-elle avec complaisance vers le docteur, vers ce savant plein de volonté et de tenacité qui avait dépensé toute sa jeunesse et une partie de son âge mur à chercher des armes contre la mort, en conservant la virginité de son cœur.

Habituellement, les comparaisons sont toujours fatales aux maris ou aux amants surtout lorsqu'épouses ou amantes ont éprouvé de leur part une déception.

Ici, tel ne fut pas le cas. Emilia avait deviné de suite les causes de l'embarras, de la timidité de Robert et, loin de les trouver ridicules, en avait ressenti une certaine satisfaction ; mais elle ne changeait pas facilement et ce contentement tout féminin n'enlevait au docteur aucun de ses avantages.

Ce fut le baron qui rompit le premier le silence.

En homme d'esprit, il amena la conversation sur le théâtre et lança quelques paradoxes qui furent combattus par la diva, et naturellement par Robert, ce qui lui valut un sourire de Lia dont il fut ravi.

Au moment où la discussion commençait à s'animer, Lugano entra et vint droit au baron auquel il remit une lettre.

— Comment, s'écria la Daltès, vous vous faites adresser votre correspondance chez moi ; mais c'est très compromettant... pour vous, ajouta-t-elle en riant.

— Pardonnez-moi, fit Therme de Paray, je craignais l'éventualité d'un rendez-vous urgent, qui n'arrive que trop malheureusement, comme vous le voyez, et je m'étais permis de donner votre adresse. Si c'est indiscret...

— Indiscret ?... Oh ! monsieur le baron, l'indiscrétion serait de vous retenir.

Le baron ne se le fit pas dire deux fois, et profita de ce congé pour se retirer.

L'envoi de cette lettre et le départ du baron ne laissèrent pas que d'étonner singulièrement la cantatrice et le marquis, mais Lugano fut plus choqué encore, s'il est possible, de ce sans-gêne.

— M. le marquis, demanda Lia au bout d'un moment, y a-t-il longtemps que vous connaissez le baron ?

Robert du Valdamour fut sur le point d'avouer la vérité, pourtant une fausse honte le retint.

— Oui, mademoiselle, répondit-il sans pouvoir s'empêcher de rougir, M. Therme de Paray était fort lié avec ma famille.

Puis, pour faire passer cette assertion de liaison qu'il savait être un gros mensonge, il inventa toute une histoire et s'embrouilla si bien que la cantatrice, qui semblait l'écouter avec intérêt finit par lui dire :

— Est-ce bien vrai ?

— Oh ! mademoiselle.

— Ne le jurez pas ! s'écria-t-elle en voyant le pauvre garçon devenir cramoisi. Vous ne savez point mentir, monsieur le marquis, chacune de vos paroles trahissait la fable.

Puis, adoucissant sa voix et lui tendant la main, elle ajouta :

— Voulez-vous être mon ami, monsieur du Valdamour ?

Robert, sensible comme une femme, sentit une larme à sa paupière et toutes ses couleurs l'abandonnèrent.

— Votre ami, oh oui ! oui ! s'écria-t-il en se précipitant sur cette main qu'on lui tendait et en la couvrant de baisers.

— Hé bien, continua la Daltès poursuivant son idée, dites-moi alors la vérité sur le baron Therme de Paray et pourquoi il vous a conduit chez moi ?

— Hélas ! mademoiselle, je ne sais rien sur lui.

— Ah ! fit-elle en souriant, c'est un vieil ami bien cachotier... mais enfin, en vous laissant amener, vous aviez un mobile ?

— Oui.

— Lequel ? ne me cachez rien, parlez !

— L'amour !

Il prononça ce mot avec une tendresse infinie et ce fut au tour de la Vénitienne de rougir.

Profitant de cette émotion, et plus entreprenant qu'on ne l'en aurait cru capable, Robert se jeta à ses genoux. Sans aucune défense contre lui-même, exalté par cette nouvelle passion qui le dominait tout entier à cette heure, il raconta, tout en célant certains détails, comment il l'avait connue, aimée, sa rencontre imprévue avec le vieux gentilhomme et enfin son étrange proposition acceptée.

— Comment ! s'écria avec stupéfaction la Daltès lorsqu'il se tut ; comment, vous vous êtes vendu pour moi, pour moi qui ne vous aimerai jamais.

— Jamais, répéta douloureusement Robert. Ah ! je suis misérable et pauvre, c'est vrai, je n'aurais pas dû venir...

Il se redressa chancelant, décidé à fuir, mais encore retenu par cette irrésolution fatale qui faisait le fond de son caractère, et par son amour qui le rendait lâche.

Emilia eut pitié de cette faiblesse trop visible. D'ailleurs, ce beau grand garçon si triste l'impressionnait sincèrement, elle ne songeait pas à s'offenser de la liberté, tout à la fois timide et audacieuse, avec laquelle il venait de lui révéler sa passion. Au fait, n'y aurait-il pas eu folie de sa part à se révolter contre un tel aveu venant du marquis, quand elle écoutait froidement, chaque jour, des propos beaucoup moins sincères ? Au surplus, elle savait faire la part des choses et, au lieu de jouer à la dignité blessée, elle parla franchement, cherchant des mots réconfortants pour atténuer le chagrin de ce malheureux, qui s'était si naïvement, comme il le disait lui-même, « vendu » pour elle.

— Je vous pardonne cette pensée, murmura-t-elle de sa voix harmonieuse, en retenant entre les siennes la main du marquis ; je vous pardonne, parce que vous souffrez beaucoup et que la cruauté de vos paroles était involontaire. Nous sommes des connaissances de bien fraîche date, M. du Valdamour, cependant je crois vous comprendre et, oubliant vos paroles de tout à l'heure, je vous dis encore : voulez-vous être mon ami ?

Elle ajouta, soudain rêveuse :

— Moi aussi je souffre et j'ai besoin d'être consolée.

— Vous ! fit-il, n'en pouvant croire ses oreilles. Vous qui êtes belle comme on ne l'est pas, enviée, admirée... vous n'êtes pas heureuse ?

— Que m'importe d'être belle ! Tenez, M. du Valdamour, puisque nous sommes amis, je puis bien faire confidence pour confidence : l'admiration de tous, voyez-vous, ne peut compenser pour moi l'indifférence d'un seul que j'aime.

Cette révélation à laquelle les discours du baron l'avaient si peu préparé frappa Robert, qui, pour la première fois, eut le sentiment de la jalousie. Un nuage passa devant ses yeux, les battements de son cœur redoublèrent, et il s'écria naïvement :

— Le baron Therme m'avait pourtant affirmé hier que vous n'aviez distingué personne.

— Ah ! il vous a dit cela, hier ? Eh bien, hier également, il me promettait de m'amener le docteur.

— Le docteur ?

— Oui, le docteur Veshumyd.

Et, tout naturellement, Emilia se mit à conter le pauvre et court roman de son cœur.

Maintenant tous deux restaient pensifs, se posant mentalement cette même question :

— Quel était le but de ce vieillard ?

— J'ai peur de cet homme, murmura la cantatrice tout bas et comme se parlant à elle-même, j'ai
le pressentiment que son seul contact doit porter
malheur... Sa façon d'agir n'est-elle pas plus que
singulière ?... Que signifie cette lettre qu'on lui a
envoyée chez moi et son brusque départ ?... Je sais
bien qu'il me serait facile de lui interdire ma porte,
mais je n'ose ; j'ai beau avoir de la répulsion pour
lui, sa pensée m'enveloppe, son approche m'ôte tout
courage, sa présence me laisse sans force et le sentiment qui domine en moi est bien vraiment la peur.

Robert du Valdamour, lui, restait silencieux,
stupéfait de voir sortir d'entre les lèvres de la
Daltès l'expression de ses propres pensées.

Depuis une heure, il adorait plus que jamais la
Daltès et se sentait frémir en songeant à ce qu'elle
allait lui proposer : se liguer tous deux contre le
baron.

Hélas ! comme il se sentait amoindri en cet
instant, il avait conscience de son inutilité puisque,
au lieu de pouvoir aider Lia, sa seule association lui
apporterait un embarras de plus. Et puis, malgré sa
bonne volonté, pourrait-il accepter cette alliance
contre celui qui l'avait arrêté au bord du précipice ?
Que deviendrait-il sans le baron ?

Le pauvre marquis se trouvait dans une impasse
sans issue. Quelques jours auparavant la mort
s'offrait encore à lui comme un but, comme une
juste punition de sa faute envers les siens ; mais,
maintenant qu'il avait vu Emilia, posé ses lèvres sur
sa main parfumée, maintenant qu'elle lui demandait
son amitié, l'héroïque et désespérée résolution s'en
était allée en fumée, il éloignait de son esprit l'obsé-

dant souvenir des délaissées et voulait vivre, vivre à tout prix...

— Quand devez-vous le revoir ? demanda tout à coup la cantatrice.

Elle n'avait prononcé aucun nom ; en était-il besoin ?

— Je l'ignore, répondit le marquis. Pourquoi me demandez-vous cela ?

— Pour ceci, mon ami ; mieux que moi vous pouvez savoir ce qu'il veut, quel est son but. Entre hommes, on se dit des choses qu'on cache à une femme... Voyez-vous, j'ai le pressentiment qu'un danger nous menace tous deux et aussi par contre-coup, les êtres qui nous sont chers...

— Que voulez-vous dire ? demanda-t-il en pâlissant.

— Monsieur du Valdamour, vous ne m'avez pas appris votre histoire tout entière, mais un autre que vous, je ne sais dans quelle intention, s'est chargé de ce soin. Je sais que vous êtes marié... je devine que vous êtes un grand enfant, capable d'une folie, sans audace pour la réparer et je suis persuadée que votre femme est une sainte !... Comment se nomme-t-elle ?

Tout d'abord, l'ahurissement de Robert avait été complet, puis, cette bouche charmante évoquant avec une sympathique douceur la tendre vision de ses jeunes amours, le charme sous lequel le tenait sa passion présente disparut, tout son cœur se fondit dans un retour soudain vers le passé.

— Yvonne, murmura-t-il en joignant les mains, pauvre belle Yvonne !

Il y eut un éclair de joie dans le regard que lui lança la Daltès.

— Tenez, dit-elle gentiment, je ne sais pas bien quelle raison vous sépare ; c'est enfantin, je n'en doute pas. Vous me conterez cela et je vous jure d'opérer le rapprochement, même malgré vous s'il le faut, mais pour l'instant nous devons songer au plus pressé. Le danger qui nous menace nous pourrions peut-être le conjurer en nous aidant... M. du Valdamour, puis-je compter sur votre appui ?

Elle était adorable en posant cette question et Robert conçut une sorte de dévotion pour celle qui venait de lui parler avec tant de bon sens et de charité, en voyant l'inquiétude qui se peignait sur son visage.

— Je désire que vous vous trompiez sur le compte du baron, dit-il sans chercher à cacher son émotion ; mais en tous les cas, vous pouvez être certaine d'une chose, je vous appartiens désormais corps et âme !

Il était un peu plus de dix heures et demie quand Robert du Valdamour sortit de l'hôtel de la place Malesherbes.

Comme il tenait à remplir l'engagement tacite qu'il avait pris envers sa voisine, la petite anglaise miss Paulette Hornn, il se mit à descendre lentement le boulevard Malesherbes, pour ne pas rentrer trop tôt à son domicile.

D'ailleurs, sa tête éprouvait un certain bien-être à se rafraîchir. Il sortait de chez la Daltès avec des idées bien différentes de celles qu'il avait en y entrant et de confuses pensées de pardon lui traversaient le cerveau. Comme il s'engageait sur le trottoir qui côtoie la grille du parc Monceau, il se heurta contre un homme qui venait en sens contraire et ne put commander à sa physionomie de taire son mécontentement en reconnaissant le baron Therme de Paray, tant il était encore sous le coup des paroles de la Daltès.

— J'allais vous chercher, dit le vieux gentilhomme en passant très délibérément son bras sous celui du marquis. Eh bien ! où en êtes-vous avec la Daltès ? Savez-vous, mon cher, que vous avez fait sur elle une profonde impression.

— Vous croyez ? fit Robert sur un ton quelque peu moqueur, car il se croyait bien cuirassé.

— Certes, marquis, il faut être amoureux, c'est-à-dire aveugle pour ne pas l'avoir vu.

— Pourtant elle m'a parlé de Madame du Valdamour.

— Parfait, marquis, parfait ! Du moment où la jalousie s'en mêle, c'est au mieux ; je puis parler pour vous sans crainte. A propos, j'ai touvé un appartement qui vous conviendra, je l'espère, car vous ne pouvez percher éternellement dans le pigeonnier de Mᵐᵉ Obusier. Il a cinq pièces, une écurie, une remise.

— Une écurie ! une remise !

— Parbleu, mon cher, l'écurie est pour vos deux chevaux et la remise pour votre coupé.

— Vous me comblez et je suis à vos ordres, murmura Robert complètement reconquis.

Tout en parlant, ils étaient arrivés par les boulevards, auprès du café de la Paix ils y entrèrent un moment et se séparèrent sur cette parole du baron :

— Faites de beaux rêves marquis !

Nous savons quel spectacle attendait Robert du Valdamour à son hôtel et comment sur ses réponses hésitantes, il avait été arrêté sous l'inculpation d'assassinat, le crime ayant été commis avec une arme à lui et Mlle Obusier soutenant qu'il était rentré à dix heures.

XIV

Déposition à huis-clos

On n'est plus au temps où la torture physique était à la mode ; la justice actuelle, avec une philanthropie digne de louanges, a su réviser, ses moyens d'action, et son appareil est moins terrible aux yeux qu'autrefois. Cependant, à défaut du supplice animal — si l'on peut s'exprimer ainsi — la torture morale subsiste. C'est le douloureux chemin de la croix que doit gravir, entre ses heures de détention tout être intelligent, coupable ou non, sur lequel pèse une accusation. Ah ! quel sera l'ingénieux humanitaire qui trouvera remède à cette torture, et quel est le porte parole compétent qui fera comprendre aux juges que la peine de mort est une bagatelle auprès de la réclusion perpétuelle ?

Le marquis Robert du Valdamour était accusé du meurtre du sieur Francis Bordes, son voisin, locataire de la chambre 17, à l'hôtel de la rue de Laval.

Le parcours de la voie douloureuse commença pour lui par le Dépôt de la préfecture de police ; puis il alla successivement du Dépôt à Mazas, de Mazas à la Conciergerie, et de la Conciergerie à la Morgue, où il fut confronté avec le corps de celui que, malgré toutes ses dénégations, sans fondement précis, on croyait toujours sa victime.

L'instruction terminée, le rapport du juge fut envoyé devant la chambre des mises en accusation.

L'instruction, fait digne de remarque, n'avait pu
réussir à faire aucune découverte sur la personnalité
du défunt, le malheureux Francis Bordes semblait
être un délaissé ignoré de tous, car, en dehors de
Mlle Oliva Obusier et de son garçon Alexandre, personne ne s'était présenté pour fournir des renseignements sur lui, ou pour réclamer son corps. Or,
comme aucun papier n'avait été trouvé ni sur lui
ni dans sa chambre, il régnait à son endroit une
sorte de mystère impossible à éclaircir, mais sur lequel la justice n'avait pas cru devoir s'appuyer pour
éloigner l'affaire.

La culpabilité du marquis semblant suffisamment
démontrée, l'individualité de la victime importait peu.

Enfin se leva le jour des assises, non moins
effrayant pour l'innocent que pour le coupable, jour
plein d'ombre et de lumière, où l'âme de l'inculpé
est déchirée par les paroles du président, meurtrie
par les déclarations des témoins, broyée par le réquisitoire, soulagée, pleine d'espoir aux périodes de
la défense, et enfin anéantie ou rayonnante selon le
résumé des débats.

Les assises promettaient d'être brillantes et réser-
vaient aux amateurs de ces lugubres premières de
drames réels des émotions peu communes.

En effet, l'affaire de la rue de Laval sortait de
la banalité ordinaire pour de nombreuses raisons,
et le motif qui avait guidé la main criminelle, res-
tant introuvable, n'en était pas la moindre. De plus,
la jeunesse de l'accusé, sa beauté, son grand nom
avaient conquis toutes les sympathies féminines; ces
dames soupçonnaient derrière tout cela un drame

d'amour, quelque chose de douloureux et de tendre dont on dévoilerait le secret à l'audience.

Aussi, au jour marqué pour l'ouverture des débats arrivèrent-elles élégantes et jolies, munies des cartes que le président refusait le moins possible aux belles curieuses de ces solennelles séances.

Les bancs des avocats se remplissaient ; les jeunes stagiaires entraient dans la salle comme chez eux, en causant bruyamment ; le public se massait derrière les places réservées.

Tout à coup un profond silence succéda au bruit confus des conversations.

L'huissier venait d'annoncer à voix haute :

— Messieurs, la cour !

Et les poitrines commençaient à se sentir remuées par l'émotion particulière à ce genre de spectacle. Croyez bien que la curiosité malsaine de ceux qui vont au Palais chercher des émotions réalistes se mélange toujours d'un irrésistible sentiment de remords et de bonté. Les plus lettrés ont même le loisir de se comparer, sans orgueil possible, aux spectateurs des jeux du cirque. A Rome leurs devanciers allaient voir les gladiateurs s'entre-tuer, eux vont constater comment est faite la tête qu'on destine au bourreau.

Ordre fut donné d'introduire le prévenu.

Aussitôt tous les yeux se tournèrent vers la porte qui donnait passage à Robert accompagné de ses gardes.

Il était bien pâle le pauvre garçon, bien défait. Ces quelques semaines de prévention avaient pesé sur sa tête comme des années. Au lieu de regarder la Cour et l'assemblée en homme qui mesure les forces de son adversaire ; au lieu de s'accoutumer à cette foule, à ces jurés qui prononceraient sur son sort, à ces magistrats qui dirigeraient ces débats mortels, Robert ne regarda rien, ne vit rien. Il tomba sur son banc comme une masse et y demeura anéanti.

Seule la voix d'Emilia Daltès répondant à l'appel de son nom le fit sortir un instant de sa torpeur en mettant dans son œil un éclair de raison.

L'acte d'accusation était écrasant. Il paraissait bien inutile de vouloir le discuter. Robert l'écouta sans paraître manifester aucune émotion, mais aux passages qui concluaient à sa culpabilité, son visage était agité de tressaillement nerveux.

Après avoir fait retirer les témoins, on procéda à l'interrogatoire de l'accusé.

Le malheureux répéta ce qu'on savait déjà, protestant de son innocence ; mais trop faible contre l'adversité, il gardait une attitude de vaincu bien en rapport avec sa molle défense et peu faite pour donner au jury une excellente idée de sa conscience.

Ayant épuisé les questions d'usage, le président lui demanda tout à coup :

— Pourquoi n'avez-vous pas dit à l'instruction que vous êtes marié ?... Pourriez-vous nous faire connaître les raisons qui vous ont éloigné de votre femme ?... Non ; vous préférez vous taire, sachant bien que ces raisons sont indignes d'un honnête homme et révèleraient dans votre passé la tache première, sorte d'acheminement vers le crime pour lequel vous êtes sur ce banc.

Robert se taisait en effet, ses yeux restaient baissés, mais son esprit se partageait entre les remords de son véritable forfait, l'abandon d'Yvonne et la sourde honte qu'il éprouvait à voir ces juges fouiller jusqu'au fond de son âme devant la foule, pour en étaler la plaie palpitante et mortelle.

Le président reprit :

— Puisque vous semblez répugner à défendre votre conduite passée, sur la moralité de laquelle la cour est d'ailleurs suffisamment édifiée, veuillez au moins nous expliquer quelle raison vous a poussé à frapper M. Francis Bordes ?

— Je ne l'ai pas frappé, s'écria le marquis, je l'ai dit et répété à l'instruction, M. Bordes, gisait à terre au milieu d'une mare de sang au moment où je pénétrais dans ma chambre.

— A quelle heure êtes-vous rentré ?

— Il devait être un peu plus de onze heures du soir...

— Huissier ! interrompit le président, introduisez le témoin Obusier.

Puis, lorsque la grosse demoiselle, propriétaire de l'hôtel de la rue de Laval, se fut approchée de la barre en épongeant le fleuve de sueur que faisait couler sur son visage cette émotion inaccoutumée, il ajouta :

— Veuillez prêter serment... Bien. Maintenant, dites à messieurs les jurés l'heure à laquelle est rentré l'accusé le soir du meurtre ?

— Dix heures, mon juge. J'en fut avisée par mon système...

— Onze heures, rectifia doucement Robert. Mademoiselle est de bonne foi, je veux le croire, mais elle se trompe.

— Me tromper ! s'écria impétueusement l'opulente Oliva, c'est impossible !... Comme j'allais vous le

3

46

dire, mon juge, j'ai fait installer un système électro-automatique, grâce auquel rien ne m'échappe.

— Et vous êtes certaine de ne pas vous tromper... C'est sérieux, réfléchissez.

— J'en suis certaine ; Alexandre aussi.

— C'est bien ; allez vous asseoir...

— Valdamour, n'avez-vous rien autre à dire pour votre défense ?

— A quoi bon ? répliqua avec découragement le marquis, puisqu'on ne veut pas me croire.

— C'est un système, il n'a pas le sens commun... Messieurs les jurés apprécieront. L'arme qui a servi vous appartenait. Reconnaissez-vous cette hache ?

— Oui, monsieur.

C'était le tour des témoins. Tout d'abord les habitués du cabaret à la mode venant expliquer chacun à leur tour le peu qu'ils savaient sur l'affaire.

L'introduction de la cantatrice excita une vive curiosité. Emilia Daltès était ce jour-là plus belle que jamais. Sa toilette simple lui seyait à merveille et, sous l'humble et sombre vêtement dont elle avait eu le bon goût de se parer, elle semblait en vérité la reine au milieu des riches toilettes des autres femmes. Son fier et beau visage, sa voix aux intonations si suaves captivèrent complètement l'attention de l'auditoire. Sa déposition produisit une véritable sensation, surtout venant après l'affirmation si catégorique de Mme Obusier.

— M. du Valdamour, dit-elle, n'a quitté mon hôtel que quelques minutes avant onze heures.

Toutes les horloges n'ont pas la précision chronométrique de celle du palais, fit alors le président avec un sourire sceptique. La cour ne demande qu'à être éclairée, mais il lui faut des preuves.

Malheureusement, la preuve de cette déclaration importante semblait impossible à fournir, puisque Robert était sorti de l'hôtel de la place Malesherbes sans être vu ni de Lugano ni des domestiques.

Honteuse de ne pouvoir être plus utile au pauvre marquis dont l'innocence lui sautait aux yeux, la Daltès quitta la barre, cédant sa place au baron Therme de Paray, dont le témoignage fut tout en faveur de Robert.

— M. du Valdamour, prononça gravement le grand vieillard, n'a trompé personne en affirmant que j'étais son ami. Il était encore bien jeune, lorsque j'eus pour la première fois l'honneur d'être reçu par sa mère... Si l'enfant m'avait oublié, je me souvenais de lui, moi, et lorsque je le rencontrai, par hasard, quelques jours avant le malheur, je le reconnus de suite... Il ne pouvait donner mon adresse à ceux qui le questionnaient, pour cette raison qu'il l'ignorait ; mais, le lendemain même de mon arrestation, je devais venir le prendre pour le conduire chez moi.

Robert, qui savait avoir menti à la Daltès en lui disant que sa famille connaissait le baron, se demandait maintenant avec stupéfaction dans quel but celui-ci maintenait son mensonge jusque devant la barre de la cour, car jamais, il en était bien sûr, le baron n'avait été reçu par sa mère.

Cependant, il ne trouva pas la force de démentir le vieillard qui, de loin comme de près, exerçait sur lui une sorte de fascination occulte, comparable à celle du magnétiseur sur son sujet.

Au cours des débats, le pauvre marquis eut une espérance suprême qui ne se réalisa pas.

Miss Paulette Hornn, seule, pouvait jeter un jour

sur cette ténébreuse affaire ; mais la petite Anglaise, cette étrange maîtresse de maintien, ne vint pas.

A vrai dire, un inculpé moins hésitant que Robert ne se serait pas fait faute de la citer comme témoin, par malheur, lui, se demandait s'il lui était permis de compromettre cette jeune femme et, dans son irrésolution, ne jugeant pas sa situation aussi compromise qu'elle l'était réellement, il s'était abstenu.

La seconde audience touchait à sa fin et la cause restait tout aussi obscure qu'au début, quand fut appelé le docteur Veshumyd, le dernier, le plus important témoin.

— Docteur, demanda le président après avoir salué le savant d'une cordiale inclinaison de tête, vous avez déclaré, n'est-ce pas, qu'il n'avait pu se produire aucune lutte entre la victime et son meurtrier ?

— Je l'ai déclaré, en effet ; aussi courte qu'elle soit, la lutte suppose une pensée d'attaque ou de défense, et les yeux étant pour nous une sorte de miroir, m'auraient sans nul doute révélé cet état d'esprit qui, je puis l'affirmer, n'existait pas.

— Ainsi, suivant vous, Francis Bordes ne se serait pas douté qu'il allait être frappé ?

— Il s'en doutait si peu, monsieur le président, que son visage n'était contracté ni par la colère, ni par la terreur, mais il avait dans les yeux cette stupeur profonde, sorte d'hébétement que conserve le regard chez les personnes foudroyées.

— Alors, il a été tué par surprise ?

— C'est ma conviction… J'ajouterai qu'au nombre des particularités relevées par moi, il me semble nécessaire d'insister sur ce point que la fenêtre était ouverte.

— C'est vrai, murmura le président en jetant un

rapide coup d'œil aux papiers épars devant lui, l'instruction n'a pas eu la curiosité d'établir le pourquoi de ce point.

Il ajouta plus haut :

— Comment expliquez-vous ce fait, M. du Valdamour ?

Robert hésita.

— Je ne puis vous répondre, monsieur, dit-il enfin, perdant ainsi la meilleure corde de sa défense.

Le docteur Veshumyd le regarda avec compassion.

— Monsieur le président, fit-il d'une voix ferme, je n'ai point charge d'établir l'innocence de M. du Valdamour, que tout jusqu'à ce moment semble condamner, mais le hasard m'a fait tomber sur une révélation tellement importante que je demanderai à la cour l'autorisation d'être entendu par elle seule.

Cette demande souleva un murmure dans l'auditoire ; la partie féminine surtout protestait énergiquement contre le huis clos. Force lui fut cependant d'évacuer la salle pour obéir aux paroles du président qui venait de déclarer close la séance publique.

— L'affaire pour laquelle j'ai demandé à la cour cette audience privée, dit alors le docteur, est on ne peut plus sérieuse quoique bien en dehors des idées reçues. Dans la chambre de l'hôtel où j'avais été appelé à faire les constatations légales, j'eus l'idée de regarder très attentivement le marquis du Valdamour mis en présence de la victime. Vous n'ignorez pas que, dans notre métier, nous sommes souvent appelés à sonder les consciences, à faire ce que je pourrais nommer un diagnostic du moral. Or, dans ce genre, j'ai acquis une certaine sensibilité d'impression qui me trompe rarement. Pour moi, le diagnostic de l'accusé était tout à son avantage ; dès le début, la justice s'égarait sur une fausse piste qu'elle devait suivre avec d'autant plus d'acharnement que le meurtre ayant été combiné par le criminel avec une froide sagesse, les preuves de la non culpabilité du malheureux marquis feraient forcément défaut !

« Eh bien ! j'avais grandement raison et ma première impression ne me trompait pas, puisqu'en fouillant dans la vie privée de M. du Valdamour, l'instruction y a relancé une désertion du toit conjugal et que cette pécadille, grossie par les besoins de la cause, devient, dans le cas de l'accusé, un précédent funeste capable d'influencer l'opinion du jury dont le devoir inexorable sera d'envoyer à l'échafaud la tête de cet innocent...

— Pardon, interrompit le président, vous sortez de votre rôle, docteur, et votre déposition tourne au plaidoyer... Avez-vous les preuves de ce que vous avancez, ou n'est-ce qu'une simple présomption ?

— En sortant de l'hôtel de la rue de Laval, répliqua le savant, ma certitude de l'innocence de l'accusé était entière, mais si personnelle qu'elle n'aurait pu passer à vos yeux que comme une présomption, ainsi que vous dites, monsieur le président. A présent, par contre, je suis moins pauvre en arguments... j'ai des preuves...

— Pouvez-vous les fournir au tribunal ?

— Oui, si la cour consent à m'entendre comme représentant d'un témoin oculaire ; non, s'il lui faut faire comparaître en personne ce témoin.

Tout le monde était stupéfait et le président crut devoir exprimer la pensée commune.

— Mais ce que vous demandez là est impossible, fit-il, la plus stricte loyauté nous oblige à entendre le témoin lui-même.

— Fort bien ! Il comparaîtra si l'affaire peut être reculée jusqu'à la session prochaine.

— C'est impraticable... Qui l'empêchera de venir demain, par exemple ?

— Moi.

— Vous ! murmura le président de plus en plus décontenancé. Pourquoi cela, s'il vous plaît ?

— Parce que c'est un fou !

Messieurs les jurés partirent d'un immense éclat de rire.

Pensez donc, un fou ! et ce docteur qui les tenait attentifs depuis plus d'une heure, retardant leur dîner pour leur conter avec le plus grand sérieux les balivernes d'un fou... quelle ironie !

— Entendons-nous, reprit tranquillement le savant quand la bruyante gaieté de la cour se fut un peu calmée. Fou, il l'était encore il y a peu de jours ; mais la raison qu'il avait perdue par suite d'une grande terreur, en assistant au crime, revient un peu plus tous les jours. Aujourd'hui, il serait même capable de déposer si je pouvais le permettre. Je ne le puis pas, par humanité et pour assurer la bonne conduite de mon traitement, car son cerveau bien faible serait prédisposé à une rechute s'il était mis en présence des pièces à conviction, en présence de cette hache d'abordage dont il parle sans cesse.

« Aujourd'hui, d'ailleurs, son témoignage serait confus, ses facultés mentales étant encore en enfance. Il n'établirait pas suffisamment l'innocence du marquis. J'ai donc l'honneur, monsieur le président, de demander la remise de l'affaire à une autre session, et vous entendrez alors le récit du meurtre raconté par le seul homme qui en fut le témoin.

XV

La dernière audience

Cette lugubre affaire de la rue de Laval prenait des proportions terriblement mystérieuses. La curieuse déposition du docteur Veshumyd avait embrouillé encore, s'il est possible, les idées des juges.

A vrai dire, le savant n'avait rien obtenu. Le président l'avait amicalement traité de rêveur en lui faisant entendre qu'il aurait fallu quelque chose de plus positif que son histoire de fou pour donner lieu à un retard des débats.

Le docteur s'était donc retiré en disant :

— Condamnez, si votre conscience croit devoir le faire, mais je vous déclare que votre jugement sera revisé sous peu. Maintenant, pour ne pas donner l'éveil au véritable criminel, je tiens à ce que ma déposition demeure secrète et ne soit pas communiquée aux journaux.

Il avait été fait selon son désir.

Le début de la troisième audience fut marqué par une révélation inattendue. Le président venait de recevoir une lettre; il en pris connaissance et posa cette question au prévenu :

— Connaissiez-vous M. le vicomte Angel d'Urtille ?

— Non, répondit Robert du Valdamour.

La lettre contenait ces quelques mots :

« L'homme assassiné rue de Laval, puis transporté à la Morgue et enfin inhumé avant d'avoir été reconnu, vient d'être désigné par un riche éleveur comme étant le fiancé de sa fille et comme se nommant M. le vicomte Angel d'Urtille, non Francis Bordes. »

A Paris on joue du mort ; si triste que cela soit, cela est.

Un homme politique vient-il à mourir, la foule, composée de ceux qui l'ont aimé ou haï, suit son cercueil uniquement pour manifester. Des orateurs, après avoir pris une figure de circonstance, se font un tréteau de sa tombe à peine fermée pour parler de son honorabilité et de ses vertus auxquelles ils ne croient pas. Tel manifestant qui n'a jamais d'argent pour affirmer son souvenir aux siens, vide ce jour-là sa bourse par ostentation et dépose une couronne sur la tombe de *son ami* le célèbre X..., qui ne l'a point connu.

Si d'un homme politique nous passons à un simple particulier, la comédie pour n'être pas si bruyante n'en existe pas moins. Voyez les amis qui suivent le convoi. Le premier rang cause discrètement de ses affaires, le second plaisante, le troisième est en pleine partie de plaisir. Puis, après la cérémonie, on va déjeuner. Les restaurants placés aux abords des nécropoles font des affaires, de très bonnes affaires même. Un déjeuner d'enterrement rapporte parfois plus qu'un dîner de noce, les malins commerçants le savent bien.

Mais que dire maintenant des plaisanteries qui attendent les malheureux exposés à la Morgue ? Pour eux, la fausse douleur serait un paradislaque

enchantement. On fait queue autour du sinistre éta-
blissement, comme à la porte des théâtres ; les conversations des hommes y sont déplorables ; mais
c'est à l'heure du déjeuner qu'il faut y entendre
plaisanter les jeunes ouvrières ; elles sont écœurantes,
ces jeunes filles !

L'affaire de la rue de Laval avait eu un grand re-
tentissement, Paris s'en était occupé plusieurs jours,
la Morgue ne désemplissait pas. Cependant nul ne
s'était avisé de reconnaître le pauvre vicomte Angel
dans la personne de Francis Bordes. La publicité des
journaux illustrés n'eut pas un meilleur succès.

Cependant, à l'ouverture des débats, l'*Illustration*
ayant donné une nouvelle photographie de la victime et le numéro étant tombé entre les mains de
M. Fortuné Boisdru, l'éleveur, celui-ci n'avait pu
s'empêcher de s'écrier :

— Mais c'est le vicomte !

Rachel avait été prise d'une fantastique crise de
nerfs, et Fortuné, ayant fait sa déclaration de recon-
naissance, était immédiatement parti pour Nice avec
sa femme et sa fille, espérant que les voyages amè-
neraient l'oubli.

Bien entendu, les journaux du soir s'emparèrent
de la nouvelle, et faute de rien pouvoir donner sur
l'audience du jour, ils bourrèrent leurs colonnes de
la biographie du vicomte d'Urtille dont la monoma-
nie fut diversement jugée. Ils racontèrent même la
soirée des fiançailles dans les salons de M. Boisdru.

Au lieu de jeter un jour sur l'affaire, cette découverte, qui donna lieu à mille suppositions, contribua
encore à l'obscurcir.

Chacun se demandait quelle nouvelle folie avait
bien pu pousser le gentilhomme, si fort à son aise,

à venir s'établir, sous un nom d'emprunt, dans un hôtel meublé d'ordre inférieur.

D'un autre côté, l'assassinat n'avait pas été commis par vengeance, puisque le marquis du Valdamour ne connaissait pas le vicomte, ni par intérêt, puisque le crime n'avait pas eu le vol pour mobile.

Quoi qu'il en soit, l'opinion générale n'en restait pas moins la même et penchait pour la culpabilité de Robert, par cette bonne raison que la hache ayant servi au meurtre lui appartenait.

Ce marquis, d'ailleurs, avec ses petits airs efféminés, devait jouer l'hypocrite à la perfection.

Le premier acte du drame touchait à sa fin.

Tous les joyeux du Chat Noir avaient apporté à la barre des versions différentes bien faites pour épaissir la nuit dans laquelle pataugeaient les idées des jurés, auxquels il semblait tout à fait interdit, jusqu'à cette heure, de se faire une opinion raisonnée.

La liste des témoins étant épuisée, le procureur général prit la parole.

Il « fouilla » la vie du marquis, livrant au public avide ses secrets les plus intimes, le prenant presque au berceau, dans ce vieux château du Valdamour, décrivant son éducation, son amour, son mariage, sa fuite; le suivant pas à pas, nuit et jour, jusqu'au moment de son arrestation.

Il était superbe, s'emballant de bonne foi dans son rôle impersonnel d'accusateur, ressentant une horreur profonde pour ce « misérable » chez lequel il découvrait une abominable hypocrisie, une vie en partie double, effroyablement perverse sous ses apparences de placidité honnête.

Sa conviction se communiquait à l'auditoire qui, avec la férocité habituelle aux foules, comprenait

merveilleusement les infamies de l'accusé en constatant le piteux état de ses réponses, son attitude
humble, maladroite et gauche.

La parole tonnante de l'avocat général faisait un
monstre de ce marquis dont les instincts sanguinai-
res se révélaient dès son enfance. Elle évoqua avec
succès l'histoire d'un meurtre de serin commis à
l'âge de cinq ans. Fatal « début dans la voie criminelle » qu'il devait suivre !

Il raconta ensuite les détails du meurtre, remplissant les lacunes à sa manière, d'une façon pro-
bante.

— Cependant, messieurs, poursuivit le procureur
général, si le crime est entouré parfois de circonstances mystérieuses, préparées comme à plaisir pour
le romancier ou le dramaturge, notre devoir de le
dépouiller de cet intérêt étranger et de le montrer
dans sa hideuse nudité n'en est que plus obligatoire.
Ici, il ne s'agit pas d'un meurtre ordinaire, d'un
homme pénétrant dans la chambre d'un autre pour
l'assassiner et le voler. C'est bel et bien un guet-apens
prémédité par vengeance. Le meurtrier était voisin
de sa victime, il l'a attirée chez lui pour l'immoler
lâchement. Quel terrible homme était-ce donc que
cette victime ? Les débats n'auraient eu que faire de
vous l'apprendre. C'était un pauvre innocent du
genre de ceux auxquels les sauvages eux-mêmes ac-
cordent leur protection ! Un maniaque inoffensif,
bien incapable de causer un tort sérieux à qui que ce
fut. Et le coupable ? qui osera accorder des circonstances atténuantes à ce misérable, à ce lâche dont le
premier acte d'homme fut d'abandonner sa jeune
femme au moment où elle venait de devenir mère,
pour dépenser toute la fortune du ménage avec une

gourgandine, sachant bien qu'il ne pourrait la reconstituer puisqu'il ne sait faire œuvre de ses dix doigts ; dont le second acte fut un meurtre, un meurtre particulièrement odieux !

Puis, après avoir établi la culpabilité de Robert d'une façon très positive, en tournant à son désavantage toutes les questions laissées sans réponse au cours de l'instruction et en avertissant les jurés qu'ajouter trop de foi au diagnostic du docteur Veshumyd serait se rendre en quelque sorte complice du crime ; après avoir réduit en poudre, par avance, les arguments de la défense, l'accusateur, d'un geste méprisant, désigna l'inculpé, effondré sur son banc, d'une telle lâcheté qu'il n'osait même plus rien tenter pour se débattre et termina son violent réquisitoire par ces paroles fougueuses :

— A présent que votre conviction est faite, soyez sans pitié pour ce fauve à face humaine, représentant abâtardi d'une noblesse trop longtemps criminelle avec impunité. Montrez-vous justes en envoyant à la mort celui qui a tué. Et n'oubliez pas, messieurs, que justice n'est pas sévérité et qu'être adversaire de la peine de mort, c'est vouloir se rendre responsable des crimes commis par les récidivistes !...

En ce moment un cri terrible partit du fond de la salle où une femme venait de tomber privée de connaissance.

Au cri, Robert s'était retourné comme un automate, son visage blémit affreusement et ses lèvres décolorées prononcèrent tout bas ce nom :

— Yvonne !

C'était bien Yvonne, en effet, la marquise du Valdamour.

La pauvre petite femme avait pénétré dans le prétoire à l'instant même où débutait le fulgurant réquisitoire. Tout d'abord elle avait écouté sans comprendre, ne devinant pas à qui pouvaient s'adresser les épithètes sonores et honteuses de cet homme à la voix mordante, puis son cerveau s'était soudain illuminé en entendant réclamer la peine capitale et elle s'était affaissée en poussant cette exclamation de désespoir.

Tandis que le docteur Veshumyd la faisait transporter au dehors pour lui prodiguer ses soins, l'audience éprouva une suspension.

Les conversations s'engagèrent.

Les uns commentaient l'incident, les autres applaudissaient au réquisitoire qu'ils jugeaient admirable.

L'avocat de la défense était un jeune ; son émotion et la profonde conviction qu'il avait d'être pour la bonne cause, le servirent mieux qu'un talent consommé. Dès le début, il enleva son auditoire sans chercher à le séduire. Le point sur lequel il s'appuya fut un détail négligé par l'instruction, et qui, selon lui, devait renfermer tout le secret de cette cause.

On n'a pas oublié qu'une porte de placard, appartenant à la chambre nº 17, habitée par celui qui se faisait appeler Francis Bordes, avait été trouvée sous le corps même de la victime. Cette porte n'indiquait-elle pas une intention inconnue du mort ? N'avait-elle aucun rapport avec la fenêtre ouverte ? Enfin ne semblait-elle pas prouver suffisamment que la justice s'égarait dans son accusation de guet-apens ?

Il lutta pied à pied, faisant valoir éloquemment que l'instruction n'avait pas démontré la culpabilité et que les prétendues preuves n'étaient qu'hypothèses sans consistance. Puis il termina en tentant d'anéantir l'accusation par cet argument :

— Nous sommes la victime d'un ennemi de notre bonheur qui se tenait dans l'ombre, dit-il. Il a profité de notre absence, il l'a même provoquée pour commettre le crime dans notre chambre et avec une arme nous appartenant, de façon à ce que les preuves de notre culpabilité fussent écrasantes. Cela ne lui suffisait pas : à dix heures, il a pris notre bougeoir et notre clef — étant très au fait des usages de la maison — pour faire manœuvrer l'avertisseur qui prévient la propriétaire de l'immeuble et se procurer ainsi son témoignage.

Qui était cet homme ? L'avocat ne le savait pas, mais la justice ne pouvait manquer de deviner un criminel émérite dans une affaire aussi bien combinée; c'était à elle à le rechercher, pour ne pas s'exposer à condamner un innocent au lieu et place d'un coupable.

Malgré sa plaidoirie remarquable, le jeune avocat ne sut pas convaincre les jurés qui restaient encore sous l'impression du réquisitoire et comparaient la défense aux énigmatiques récits du docteur.

On l'accusa d'inventer une fable tout au plus bonne pour distraire les enfants.

La marquise, appuyée au bras du docteur, venait de rentrer dans la salle. Elle s'avança vers l'avocat et lui serra les mains.

— Merci, dit-elle.

— Confiance, murmura l'avocat.

— Ah ! fit avec tristesse le docteur Veshumyd, si le président n'allait pas refroidir l'émotion que vous venez de faire naître, nous pourrions avoir confiance en effet, mais écoutez...

La parole calme et méthodique, le président résumait les débats, recommençant en quelque sorte le réquisitoire.

Robert eut un sourire navré. Tardivement la juste appréciation des faits lui venait, il se sentit perdu. On l'emmena pendant que le jury se retirait pour délibérer.

Au bout d'une heure, le jury rentra porteur d'un verdict tempéré par des circonstances atténuantes.

Robert du Valdamour était condamné à quinze ans de travaux forcés.

Cette clémence était due en grande partie à l'attitude de la marquise; la cour s'était laissé attendrir par la douleur poignante de la pauvre femme dont les larmes coulaient en silence sur son costume noir.

Si douce que fut cette sentence, elle ne pouvait pourtant pas satisfaire Yvonne.

— Oh! gémit-elle, sur le point de se trouver mal une seconde fois; oh! je le chercherai, moi, le vrai coupable!

Elle regarda le docteur comme en extase parce qu'il lui disait :

— Nous le chercherons et nous le trouverons, madame, j'en fais le serment.

Un verdict quel qu'il soit est toujours discuté.

Après la lecture, deux courants contraires s'établissent immédiatement parmi les assistants.

La partie féminine est sympathique à l'accusé lorsqu'il est jeune et beau. Mais à côté se trouve le prudhomme, à cheval sur la morale, opinant pour une sévérité outrée, au nom de la société outragée, regrettant la torture et à son défaut demandant quand même la mort.

Tout le monde croyait à la condamnation capitale, en conséquence les jeunes approuvaient les jurés, tandis que les autres blâmaient leur décision.

La figure marbrée, tirée, décomposée, la lèvre pendante, l'œil démesurément ouvert, Robert du Valdamour était foudroyé.

Sa bouche se contracta en un rire nerveux, les battements de son cœur s'interrompirent un moment, une sueur glacée mouilla son front, toute sa force factice l'abandonna complètement.

Maintenant, bien des détails oubliés à l'audience lui revenaient. Il aurait dû parler de miss Paulette Hornn, des confidences d'Alexandre, le garçon d'hôtel, des conditions auxquelles il avait obtenu l'amitié du baron Therme, de la lettre enfin, de ce billet qui était venu le chercher si étrangement un peu avant dix heures chez la Daltès.

Tout cela se condensait dans son cerveau avec une lucidité effrayante. Mais que faire ? Il était trop tard.

Il passa devant sa femme sans la voir, sans remarquer le regard tout chargé d'amour et d'espérance dont elle le couvrait.

Ce fut sans connaissance qu'on le ramena dans sa cellule.

Là, après une crise nerveuse qui était encore un des apanages de sa nature toute féminine, il pleura à chaudes larmes. Puis, le corps vaincu, il s'affaissa trouvant, comme les enfants, le sommeil au milieu.

larmes.

4

Le lendemain, lorsqu'on lui demanda s'il voulait se pourvoir en cassation, il répondit par un « oui » timide et découragé, regrettant presque immédiatement de l'avoir donné, par crainte — n'ayant plus aucun espoir — de voir se renouveler pour lui le supplice de ces trois derniers jours d'audiences.

———

XVI

Un défenseur mal avisé

Paris est un grand brûleur d'idoles, il lui faut du nouveau à tout prix, car il n'y a rien de comparable à sa fiévreuse curiosité de la veille, si ce n'est pourtant sa superbe indifférence du lendemain.

Quand il n'a pas de motif ni d'objet digne de sa toquade, il en invente. Une nouvelle à sensation, si elle est fausse, lui procure le double plaisir d'avoir été impressionné et de rire ensuite de sa crédulité.

Il lui faut au moins une « cause grasse » par vingt-quatre heures. Le huis clos le désole, un jugement public le ravit. Il est vrai que, dans sa frivole instabilité, l'éponge de l'oubli est bien vite passée sur ses propres joies comme sur ses propres ennuis.

Un clou chasse l'autre. L'émotion causée par l'affaire de la rue de Laval était calmée et Paris s'apprêtait à bailler, lorsqu'une nouvelle invraisemblable se répandit tout à coup, donnant un nouveau thème en pâture aux conversations des artistes, des journalistes et des inoccupés, des viveurs qui végètent entre le faubourg Montmartre et la Madeleine, enfin de tous ces acridiens pérégrinants de cafés en coulisses et de restaurants en clubs, que l'on désigne généralement sous le nom patronimique de *boulevardiers.*

Emilia Daltès, étoile incontestée de notre Acadé-mie nationale, renonçait au théâtre.

Tout d'abord on douta, puis, comme il fallut bien se rendre à l'évidence, on chercha le motif de cette détermination si peu prévue.

Les mauvaises langues — et Dieu seul sait s'il en existe de bonnes — découvrirent une raison admissible à cette retraite, mais si le vrai peut n'être pas vraisemblable, le vraisemblable peut n'être pas vrai.

On vit alors des jeunes gens et des vieux beaux, ennemis acharnés de l'arithmétique devenir en moins d'une heure calculateurs de première force pour le simple plaisir d'établir entre eux les comptes de recettes et de dépenses de la cantatrice.

Au su et au vu de tout le monde Emilia, dont on ignorait la fortune personnelle, vivait sur le pied de cent cinquante mille francs par an. L'Opéra lui allouait les deux tiers de cette somme et les soirées mondaines lui procuraient le reste.

Or, après un semblable coup de tête, comme elle se trouverait dans l'impossibilité de conserver son luxe, on s'attendait à la vente de ses diamants, de son hôtel, de sa galerie, dont on disait mer-veille.

Le vieux Mosès Aaron qui guignait toutes ces belles choses depuis fort longtemps, jubilait à part lui de cette aventure et, en attendant, il aiguisait d'un frottement lent les ongles crochus de ses mains contre sa peau parcheminée. Les courtiers en bibelots d'art, les marchandes à la toilette et de curiosités se tenaient sur le qui-vive. Les femmes du monde choisissaient d'avance — comme après décès — bagues, colliers, parures.

Il n'était pas jusqu'aux gens sensés eux-mêmes qui ne se prissent à escompter cette future vente.

Par rancune contre la superbe cancatrice, Mlle Rachel Boisdru, un peu revenue de sa première douleur, avait décidé l'éleveur à acheter l'écurie qu'on disait la mieux montée de Paris.

Un Anglais atteint du spleen, venait chaque jour rôder devant la haute muraille sans fenêtre de la place Malesherbes et attendait flegmatiquement d'en être acquéreur pour en faire sa tombe.

Cependant, à la stupéfaction générale, Emilia Daltès garda son hôtel et tout ce qu'il contenait sans pour cela négliger de payer son dédit se montant à cent mille francs — juste une année de ses appointements.

Sa réputation, intacte jusque là, eût à souffrir des attaques, et ce fut alors que le vieux baron se révéla comme un chevalier, prenant ouvertement en main la défense de la jeune femme, sans l'assentiment de celle-ci, et donnant par ce fait même une sorte de point d'appui aux propos des médisants qui battaient les buissons.

Un soir, au Jockey-Club, un jouvenceau, dont les avances avaient été repoussées par la cantatrice, vexé de son insuccès et d'autant plus aigri contre elle qu'on lui persuadait que le baron Therme était plus heureux, se permit de dire entre haut et bas qu'afficher un luxe semblable à celui de cette fille était un scandale, étant donné son manque absolu de moyens honnêtes d'existence.

— Vous allez trop loin. crut devoir dire le duc de Maisoncelles, manquer de respect à une femme quelle qu'elle soit, est indigne d'un gentilhomme.

— Oh ! une femme...

Le jouvenceau n'acheva pas la phrase commencée, parce qu'un retentissant soufflet appliqué sur sa joue venait de lui faire mordre sa langue.

C'était ainsi que M. Therme de Paray opérait son entrée en scène.

— Vous êtes un calomniateur, fit-il en même temps, mais malgré votre indignité je vous offre la réparation à laquelle vous avez droit.

Un groupe de membres du Jockey s'était formé autour des deux adversaires.

— Vous plaisantez, baron, murmura l'un.

On ne se bat pas pour une femme de théâtre, opina un autre.

A part lui, l'ex-talon rouge de la cour de Charles X se disait :

— Ce baron n'a pas de noblesse pour un liard ; il met les pieds dans le plat avec une désinvolture de rustre ; de mon temps on s'y prenait autrement pour soutenir l'honneur d'une femme. Ou il a le droit de provoquer ce scandale ou il se l'arroge ; c'est-à-dire qu'il se veut faire passer pour l'amant de la Daltès, s'il ne l'est réellement.

— Pardon, monsieur, répondit pourtant le baron à celui qui avait émis un doute sur le devoir de se battre pour une actrice ; il ne s'agit pas ici d'une femme de théâtre mais d'une honnête femme indignement calomniée. Mlle Daltès a droit au respect de tous, je n'admettrai pas qu'on me dise le contraire. J'affirme qu'elle possède une fortune personnelle suffisante pour satisfaire ses goûts les plus dispendieux. Je l'ai connue alors qu'elle était encore enfant et si notre amitié date de loin, elle n'en est que plus étroite.

— Ours, pensa le duc de Maisoncelles, ne pouvais-
tu garder ton pavé !

En effet, les termes employés par le baron semblaient choisis à dessein pour épaissir les doutes et
chacun traduisait à sa façon les mots « amitié
étroite ».

La rencontre eut lieu le lendemain et ce duel fit
d'autant plus de bruit que le baron Therme planta
son épée dans la gorge du jouvenceau vindicatif et
le laissa pour mort sur le terrain.

La Daltès, d'ailleurs, ne lui eut aucune reconnais-
sance de ce procédé chevaleresque d'un genre dou-
teux, et lui fit défendre sa porte.

La condamnation du marquis du Valdamour qui
ne lui était cependant de rien l'avait frappée profon-
dément. Durant ses heures de rêveries solitaires elle
cherchait à débrouiller le vraisemblable de ses suppositions et demeurait toujours terrifiée des révélations que lui faisait Black-Mid dans la chambre
rouge.

C'est que la petite vipère noire et jaune ne l'avait
pas encore trompée et qu'à trois consultations différentes elle avait invariablement désigné le même
homme comme étant l'assassin de la rue de Laval.

Cet homme n'était pas Robert.

DEUXIÈME PARTIE

LA CONTRE-ENQUÊTE

I

La locataire de la chambre du meurtre

Depuis l'assassinat de son locataire du n° 17, le bureau-chambre de la grosse demoiselle Oliva Obusier ne désemplissait pas. C'était un va-et-vient continuel. Et le propriétaire du cabaret voisin ayant constaté combien ces visites étaient désagréables à la sensible personne, avait organisé une sorte de pélerinage de sympathie, de sorte que chaque soir, les joyeux habitués se rendaient à l'hôtel en bande pour visiter le n° 15 et constater sur le parquet de la chambre la présence d'une tâche brunâtre.

Dans la journée, les visiteurs n'étaient pas moins encombrants et Alexandre se demandait avec stupéfaction si tous les Anglais d'Angleterre n'étaient pas à Paris.

Ces ennuis ne contribuaient pas peu à aigrir le caractère habituellement sensible de Mlle Obusier Dans ses conversations avec Alexandre elle malme nait vertement le pauvre Robert, le traînait sur la claie, ne lui pardonnant pas son titre de marquis et surtout de porter des gants.

— Qu'a-t-il fait de son idiot ? se demandait-elle Je te le mettrai joliment dehors, ce famélique Caca tois, s'il avait le toupet de revenir.

Quand elle apprit la condamnation du marquis, elle s'écria avec une rage jalouse.

— A moi, on m'aurait coupé le cou, et à toi aussi, Alexandre ; mais ces freluquets, ça tape dans l'œil aux juges.

En réalité, elle enrageait, cette affaire ayant détruit la « bonne réputation » de son immeuble. Les deux chambres de l'étage supérieur ne se louaient pas.

Un soir, le soir même de la dernière audience des assises — Mlle Obusier était sur le pas de sa porte, contant ses doléances à la concierge de la maison voisine.

— Bah ! répondait cette dernière, nous avons encore plus de malchance que vous, allez... Tenez, depuis moins d'un mois, voilà trois de mes locataires qui ont donné congé. Ils soutiennent que le quartier n'est pas sûr. Mam'zelle Paulette... vous savez, miss Paulette Hornn, la petite Anglaise dont la fenêtre donnait comme qui dirait sur la chambre ousque le crime a été commis ; eh bien ! elle s'est tirée des pieds aussi, celle-là...

Mlle Obusier ne voulait pas comparer au sien le malheur des autres. Elle allait reprendre sa litanie, quand elle s'arrêta dominée par l'émotion, parce qu'une jeune femme vêtue de noir et traînant après

elle une jolie petite fille, venait de franchir la porte
de l'hôtel.

— Vous avez une chambre à louer ? demanda la
nouvelle venue, s'adressant à la grosse propriétaire
qui rentrait en soufflant.

— Une chambre ? mais oui madame, nous en
avons même deux.

— Sur cour ou sur rue ?

— Sur la cour.

— Quels numéros portent-elles.

— Eh bien ! voilà qui s'appelle retourner son monde
comme quelqu'un de la préfecture, murmura l'hôte-
lière dont la hardiesse revenait à mesure que son inspection lui dévoilait qu'elle avait affaire à une personne
de province. Pourquoi me demander tout cela ?

— Parcequ'on est superstitieux dans mon pays.

— Ah bah ! pas dans la mien !... Les deux chambres sont aux numéros 15 et 17... Vous choisissez
le 17, sans doute ?

— Non, le 15.

Mlle Oliva Obusier eut un haut-le-corps si prononcé et qui distendit si curieusement sa phénomé-
nale poitrine, que la petite fille ouvrit des yeux stu-
péfaits, croyant sans doute voir s'agiter le rideau du
théâtre où allait paraître Guignol.

Pour un choix superstitieux, pensa la maîtresse
d'Alexandre, celui-là est réussi... ce n'est pas à moi
de la dissuader.

Puis elle ajouta plus haut :

— Montons chez moi et vous me donnerez vos
nom, prénoms et profession.

Arrivée dans le bureau-chambre, la jeune femme
dit, répondant à la dernière question de Mme Oliva qui
s'installa avec satisfaction dans son large fauteuil.

— J'arrive de Bretagne où j'abitais avec ma fille et je viens à Paris pour chercher une place. Je me nomme Yvonne de Kersaing.

La figure de la propriétaire se rembrunit à cette déclaration. Une femme — quelque fille séduite probablement — cherchant une place, ne lui inspirait qu'une confiance relative. De plus, elle avait une certaine répulsion pour la noblesse et pour les Bretons, répulsion que la dernière affaire n'avait fait qu'envenimer. Or cette jeune femme était noble et Bretonne, tout comme l'ancien locataire de la chambre 15. C'était un vrai guignon.

Mlle Oliva hésita un moment, balancée entre une furieuse envie de mettre cette femme à la porte et la raison qui l'engageait à ne pas léser ses intérêts.

Les intérêts prévalurent.

— Soit, dit-elle, je vous préviens seulement qu'il est d'usage de payer un mois d'avance.

— C'est combien ?

— Trente francs.

La jeune femme paya, puis sortit du bureau, suivant Alexandre qui portait sa malle et la guidait vers son appartement.

Yvonne de Kersaing, s'il nous en souvient bien, était le nom porté par Mme du Valdamour avant son mariage avec le marquis Robert et, en effet, la nouvelle locataire de Mlle Obusier n'était autre qu'Yvonne du Valdamour.

Après le départ si extraordinaire de son mari, Yvonne qui allaitait encore sa fille, avait été frappée d'une si violente douleur qu'une fièvre cérébrale s'en était suivie, et, sans le dévouement de la tante Jenny, le mal aurait fait deux victimes, car l'enfant supportait le contre-coup.

Dès que la malade avait pu être transportée, Jenny de Kersaing s'était décidée à la faire revenir auprès d'elle, à la petite maison blanche du bord de la mer et, en renaissant à la vie, la jeune femme avait éprouvé un instant d'oubli factice en retrouvant autour d'elle tous les témoins de son insouciante jeunesse, la basse-cour et le jardin qu'elle se plaisait à entretenir avant la rencontre de Robert, qui était venu troubler son cœur.

Mais en arrachant sa nièce au château du Valdamour pour atténuer autant que possible la douleur de l'abandon, la bonne Jenny n'avait pu la séparer de sa fille qui restait auprès d'elle comme une preuve vivante du fait accompli.

Cependant, malgré son amour sincère et la grandeur de son chagrin, Yvonne avait assez conscience de sa dignité offensée et trop de sang breton dans les veines pour chercher à revoir Robert contre son gré.

Le sachant malheureux, mettant de côté tout amour-propre, elle eût certainement été au bout du monde pour le consoler ; mais le marquis ayant emporté toute sa fortune et même vendu ses biens fonciers, elle ne pouvait le croire en peine.

Aussi, ayant repris son ancienne vie de jeune fille, sauf qu'elle avait en plus la compagnie de sa petite fille, elle courait la grève tout le jour et, le soir, près de sa tante causait de choses indifférentes, évitant surtout de prononcer le nom de son mari, non qu'elle eût désir de l'oublier, mais pour ne pas augmenter la tristesse de la vieille femme dont elle connaissait la sensibilité.

Des mois, des années coulèrent ainsi. Yvonne ne quittait plus les vêtements noirs ; elle portait le deuil de son cœur.

Un matin, comme elle ouvrait les volets de sa fenêtre, elle vit venir le facteur vers la maison blanche. Une angoisse la saisit; jamais, au grand jamais, autant que sa mémoire pouvait le lui rappeler, il n'était venu une seule lettre chez sa tante.

Le facteur était un ivrogne incorrigible qui gardait rancune à tout ce qui portait le nom de Valdamour, d'une amende que lui avait fait infliger autrefois la marquise douairière.

— Vous savez la nouvelle ? cria-t-il en apercevant Yvonne.

— Quelle nouvelle ?

— M. le marquis Robert...

— Eh bien !... il est revenu ? interrogea la jeune femme en arrêtant de ses deux mains comprimées les battements de son sein.

— Revenu, répliqua le facteur avec un sourire mauvais, c'est que la police serait bien mal faite, alors, car un quelqu'un qui assassine, comme ça, entre chien et loup, c'est pas pour laisser sur la voie publique.

Yvonne dont les yeux s'étaient irradiés à la pensée du retour de son mari, devint affreusement pâle et murmura, chancelant sur ses pauvres jambes qui se refusaient de la soutenir.

— Ce n'est pas vrai, n'est-ce pas, ce que vous venez de dire; vous avez voulu me faire peur?

— Pas vrai ! mais si, mais si, que c'est vrai et authentiquement démontré dans l'imprimé des quotidiens de Paris, s'empressa de répondre l'autre. Tenez, lisez vous-même, M. Robert a tué son voisin à coups de hache d'abordage.

Sans un mot, elle prit le journal qu'on lui tendait et referma sa fenêtre au nez du facteur déconcerté.

Seule, Yvonne ouvrit le journal et lut le récit du crime de la rue de Laval. Pas un détail n'était omis, on citait même le numéro de la chambre habitée par Robert, on donnait sur lui quelques notes biographiques et sa fuite du toit conjugal était sévèrement appréciée.

Il n'y avait pas à s'y tromper, c'était de son mari dont il s'agissait.

Tout d'abord Yvonne demeura inerte, écrasée par l'immensité de son malheur. Puis, prise d'une soudaine exaltation, elle s'écria soudain :

— Ce n'est pas vrai, tout cela est faux, il est innocent !

— Qui donc est innocent, ma fille ? demanda Jenny de Kersaing en entr'ouvrant la porte de sa nièce.

— Mon mari, répondit-elle sans se troubler et d'une voix farouche : Voyez... On l'accuse d'un meurtre, lui, Robert, c'est une infamie monstrueuse !

— Après tout, murmura Jenny de Kersaing en rendant le journal sur lequel elle avait à peine jeté les yeux. Après tout, le malheur te frappe plus que lui... Qu'allait-il chercher à Paris, ce garçon ? son allure ne me plaisait guère...

Comme on le voit, la vieille demoiselle, n'ayant pas les mêmes raisons que sa nièce de pardonner au fugitif, profitait de cette occasion déplorable pour le couvrir du mauvais fiel qui s'était lentement accumulé en elle contre le mari coupable, tandis qu'elle veillait au chevet d'Yvonne malade.

Cependant, Jenny de Kersaing n'avait aucune méchanceté réelle et se prenait déjà à avoir honte de ses propres paroles quand Yvonne répondit d'une voix brève et d'un ton décidé que sa tante ne lui connaissait pas ;

— Libre à vous de l'accabler maintenant qu'il ne peut se défendre. Moi je veux le sauver et confondre les ennemis qu'il a dû se faire sans y prendre garde, le pauvre garçon !... Je vais partir pour Paris...

— Deviens-tu folle ?

— ... Avec ma fille, continua Yvonne sans prendre garde à l'interruption. Là seulement, je pourrai me renseigner et lui être utile. Quelque faute qu'il ait commise à mon endroit, je lui pardonne. connaissant sa faiblesse de caractère, et mon devoir m'ordonne d'aller là où il est !

Les meilleurs raisonnements de sa tante ne purent la faire démordre de cette résolution. A tout, Yvonne répondait :

— Robert est incapable de commettre un crime, il doit être victime d'une infâme machination que je découvrirai. Son départ était une folie, j'ai été seule à en souffrir. Je n'aurais jamais été le déranger dans la vie de bonheur malsain qu'il avait cru devoir se créer, mais son adversité sera la mienne... ne suis-je pas sa femme !

Effectivement, le soir même, Mme du Valdamout, accompagnée de sa fille, prenait le train au chef-lieu. Au dernier moment, la bonne Jenny, fondant en larmes, avait sournoisement glissé dans sa poche un portefeuille contenant le meilleur de ses pauvres économies.

Nous savons comment Yvonne, aussitôt son arrivée à Paris, s'était rendue au Palais de Justice, après avoir confié son enfant à des religieuses d'une maison qu'elle connaissait.

Nous savons aussi quelle formidable émotion l'attendait aux assises, comment tout son beau courage s'en était allé lorsqu'avait été rendu le verdict contre son mari, et qui était venu au secours de la pauvre marquise évanouie.

Mais ce que nous ignorons c'est la conversation qui s'était tenue entre elle et le docteur Veshumyd, conversation à la suite de laquelle, reprenant quelque espoir, la vaillante Yvonne, ayant été rechercher sa fille, était venue directement à l'hôtel de la rue de Laval pour y louer la chambre n° 15.

Peut-être que cette location était le résultat direct des conseils du savant, peut-être aussi cette décision n'avait-elle été prise que par elle-même pour revivre au milieu de ses douloureux souvenirs, pour mieux s'identifier à la vie extra-conjugale de Robert et ne pas oublier son but.

Son premier soin, en pénétrant dans la chambre où avait été perpétré le crime, fut de mettre au lit sa fillette qui tombait de sommeil et à laquelle elle ne voulait pas donner le spectacle des larmes qu'elle sentait monter à ses yeux.

Puis, ayant jeté un regard autour d'elle, un profond sanglot souleva sa poitrine et ses yeux se mouillèrent.

La vue de ce misérable réduit, habité par le beau gentilhomme dont elle portait le nom, qu'elle avait aimé et aimerait quand même, qu'elle avait connu riche, comblé de soins et de tendresse par sa mère, respecté de tous, aujourd'hui condamné!... Cette vue lui mettait la mort dans l'âme.

— Pauvre ami, murmura-t-elle, comme il a dû souffrir pour en arriver là.

Peu à peu son chagrin se calma.

Même un sourire effleura ses lèvres pâles.

5

La vérité était qu'elle se sentait heureuse de vivre là où Robert avait vécu et souffert.

Fatiguée, elle se coucha. Mais elle ne devait guère reposer, car le rêve vint la prendre tout éveillée, l'empêchant de fermer ses paupières.

Avant le drame épouvantable qui venait de lui verser à flots le calice des douleurs, il s'en était passé un autre dans sa famille, lointain celui-là, dont sa tante et elle s'entretenaient souvent, où son père et sa mère avaient trouvé la mort et qui restait encore inexpliqué.

Son père, le baron Yves de Kersaing, abandonnant tout jeune la terre qu'il possédait en Bretagne, était allé chercher fortune en Amérique.

Au Chili, où il s'était modestement installé, il avait eu la chance de trouver une charmante jeune fille à laquelle il avait donné son nom. Puis la dot de sa femme lui ayant permis de monter une maison de banque très humble, sa ténacité, ses aptitudes commerciales et la connaissance profonde qu'il possédait des chiffres lui avaient donné un essor rapide.

Bientôt, les deux banques du baron de Kersaing, celle de Santiago et celle de Valparaiso, sa première succursale, furent considérées comme les plus solides du Chili.

Tout semblait sourire aux deux époux, leur bonheur domestique augmentait en même temps que leur prospérité financière. Mme de Kersaing venait de donner à son mari une jolie petite fille que l'on avait baptisée du nom d'Yvonne en souvenir de la lointaine Bretagne.

La vie, pour eux, s'annonçait donc pleine de félicité lorsqu'un triste événement, dont l'explication ne fut jamais donnée, vint semer la ruine et le deuil dans cette heureuse famille.

Les nombreuses affaires du banquier l'obligeaient à de fréquents déplacements. Un soir d'orage, Yves s'embarqua, avec une valise bourrée de papier-monnaie, sur un navire marchand ; il devait gagner Valparaiso, où de grosses échéances l'attendaient pour le lendemain.

Mais, pendant la nuit, la tempête fit rage, le caboteur n'atterrit jamais à Valparaiso et on n'entendit plus parler du banquier.

L'effet de cette disparition fut épouvantable. Pour faire face aux échéances, Mme de Kersaing liquida tout. Puis elle se mit au lit quelques jours après, à la suite d'une visite étrange, celle d'un grand jeune homme à l'œil hagard, qui disait se nommer Cacatois. Ce personnage mimait une scène affreuse, en brandissant une hache de mer couverte de rouille.

Mlle Jenny de Kersaing, sœur du banquier, mandée en toute hâte, arriva juste à temps pour recueillir une orpheline et le dernier soupir de sa belle-sœur.

Jenny revint en Bretagne avec l'enfant, et Cacatois dont elle eut pitié ; et c'est à la maison blanche, entre sa tante et le fou, qui mimait presque chaque jour le drame sauvage, que la petite Yvonne avait passé sa jeunesse.

II

Yvonne se met en campagne

Les premiers rayons de l'aube teintaient déjà le ciel que la jeune femme n'était pas encore sortie de son sinistre songe qui lui faisait voir cette histoire du début de sa vie comme une funeste prédestination au malheur.

Malgré sa longue insomnie qui la laissait brisée, elle ne voulut pas distraire un seul de ses instants du but qu'elle se proposait; aussi bien, dans un cas semblable, la rapidité est urgente.

Elle sauta donc à bas du lit sans éveiller sa fille, et alla baigner ses yeux à grande eau. Puis, ouvrant la fenêtre pour respirer, elle s'accouda sur la barre d'appui et regarda devant elle.

Son regard s'arrêta tout naturellement sur la croisée d'en face, à peine à deux mètres cinquante d'elle. C'était celle de la petite chambre habitée jadis par la jeune danseuse anglaise, maîtresse de maintien, miss Paulette Hornn.

Pour passer inaperçue et mener à bien son enquête, Yvonne avait donné à la propriétaire son nom de jeune fille et comptait le garder, sauf dans les cas où son vrai titre serait utile ou nécessaire.

Une chose à laquelle elle n'avait point réfléchi, en venant s'installer sous ce nom qui n'était plus le sien à l'hôtel de la rue de Laval, c'est que Robert, possédant une photographie d'elle, aurait pu, par avance, la faire connaître aux gens de la maison. Mais M. du Valdamour, heureusement, si bas qu'il fut tombé, ne frayait pas avec tout le monde et jugeait assez sévèrement sa conduite envers elle pour ne point s'en vanter.

L'air fétide qui empestait la petite cour en boyau chassa Yvonne de la fenêtre. Elle vint s'asseoir près de la table et, commençant *son travail*, se mit à relire avec une attention soutenue le compte rendu du procès.

Toute persuadée qu'elle fut de l'innocence du marquis et tout en se répétant : « Non, il n'est pas coupable, il ne peut pas l'être ! » un fait pourtant la laissa quelque peu dans la gêne.

D'après l'observation de Mlle Oliva Obusier — affirmation contredite, il est vrai, par deux témoins, — Robert n'était pas rentré à onze heures, comme il le disait, mais à dix.

Entre temps elle se demanda quel était ce riche toqué, ce vicomte d'Urtille, qui venait habiter sous un nom d'emprunt une chambre d'hôtel borgne. La personnalité énigmatique du baron Therme de Paray l'intéressa surtout. Et si elle n'eut aucune préoccupation au sujet de Cacatois, qu'elle savait être avec Robert, si elle n'eut aucun doute sur la loyauté d'Emilia Daltès, c'est que le docteur Veshumyd, mettant bien à profit le temps de leur courte entrevue, avait trouvé moyen de la rassurer à cet égard.

Cependant, malgré les affirmations du médecin, comme elle ne comprenait absolument rien à cette présentation du marquis à la cantatrice, — pas plus que Lia elle-même, d'ailleurs, — elle fut sur le point de s'adresser cette question en tremblant :

« La jalousie aurait-elle pu pousser Robert au crime ? »

Mais lorsqu'elle arriva à la déposition du vieux baron, ce doute s'envola pour faire place à un autre, moins cruel, mais tout aussi obsédant.

Therme de Paray avait déclaré qu'il s'était autrefois trouvé en relations d'amitié avec la mère du condamné ; or, elle Yvonne pouvait certifier le contraire.

Que signifiait donc cela ?

Enfin elle demeurait perplexe devant l'incertitude que prouvaient les réponses de son mari ; s'étonnait de ses réticences, de son embarras, de son silence.

Bref, cette exhumation des débats ne lui apprenait rien de précis, et elle se désolait de constater déjà combien grande était son incapacité, quand la pensée lui vint d'aller trouver le juge d'instruction.

Habillant sa fille à la hâte, et se couvrant elle-même d'un manteau, elle se rendit au palais.

— De quoi s'agit-il, madame ? demanda le magistrat dès qu'Yvonne eut franchi la porte de son cabinet.

— Je viens pour vous renseigner sur l'affaire de la rue de Laval, monsieur, répondit assez fermement la jeune femme, se forçant à avoir de l'audace.

— Ah ! l'affaire de la rue de Laval... c'est jugé cela... Qu'avez-vous à m'apprendre ?

— Je connais le marquis du Valdamour depuis fort longtemps.

— Et...

Déconcertée par ce calme glacial, Yvonne hésita

une seconde, puis pour dire quelque chose, sentant qu'il fallait parler, elle se prit naïvement à raconter sa première rencontre avec Robert et ses jeunes amours...

Elle n'alla pas jusqu'au mariage. Le terrain était trop dangereux du moment où elle ne voulait pas se faire connaître. Le juge avait déjà jeté un coup d'œil furtif sur l'enfant. Mais par bonheur, l'instruction, mal engagée au début, avait été conduite de même ; on ne s'était renseigné en Bretagne que pour la forme, et la femme du marquis pouvait jouer son rôle d'étrangère en toute sûreté.

— C'est tout ce que vous aviez à dire ?

— Oh ! monsieur, je suis convaincue de l'innocence de M. du Valdamour. Ce n'est pas lui qui a pu assassiner le vicomte d'Urtille.

Le juge d'instruction eut un sourire narquois.

— Soit, dit-il, quoique le tribunal en ait jugé autrement. Mais comment expliquez-vous, madame, le besoin qu'a éprouvé M. du Valdamour de mentir en disant qu'il était rentré à onze heures quand à dix heures il était chez lui ; nous en avons la preuve ! Comment expliquez-vous ce fait capital : l'instrument du meurtre qui était la propriété du condamné ?

— Non, monsieur, cette hache appartenait à un pauvre garçon sans raison, nommé Cacatois.

— Oui, je sais ; une de nos illustrations médicales est venue, en effet, parler d'un fou à la Cour. Grâce à lui, il promettait des révélations stupéfiantes. La Cour n'a pas cru devoir tenir compte d'une pareille démarche et, de fait, il serait burlesque de vouloir écouter les divagations des cervelles vides. Est-ce du même personnage dont vous voulez parler, et voudriez-vous donner à entendre qu'il est le coupable ?

— Non, monsieur, le coupable m'est inconnu, mais il est une chose que vous ignorez.

— Ah bah !

— Oui, le baron Therme de Paray a menti à la barre.

— Expliquez-vous.

— Il a menti en affirmant qu'il avait connu la marquise douairière du Valdamour, car cela n'est pas.

— Je veux bien vous croire, quoique vous soyez très jeune pour parler d'une chose qui peut dater de loin ; mais comment se fait-il que M. du Valdamour n'ait pas dénoncé le faux témoignage du baron, son ami ?

Yvonne baissa la tête ; décidément elle n'avait plus rien à espérer de ce côté. Du moment où on lui opposait le silence de Robert, sa cause était perdue ici.

Plus affectée que jamais, elle prit congé du magistrat et rentra à l'hôtel dans un état impossible à décrire.

Le doute, plus horrible que la réalité, la torturait de nouveau. Ce silence de son mari n'équivalait-il pas en quelque sorte à un aveu ?

Les recherches de la jeune femme semblaient infructueuses. La réserve qui lui était imposée pour ne pas faire naître un doute sur ses intentions paralysait ses efforts ; sa confiance en elle-même diminuait et, au bout de quelques jours, le découragement allait la prendre, quand une découverte intéressante vint stimuler à nouveau sa passion de policière en lui donnant une sorte de complice inconscient.

Yvonne n'avait pas tardé à s'apercevoir de l'assiduité un peu encombrante du garçon d'hôtel, qui se permettait, ma foi, de lui faire les yeux doux.

Tout d'abord, cette constatation la laissa indifférente.

Ne réfléchissant pas au parti qu'elle pourrait en tirer, ce fut avec une froideur naturelle qu'elle accueillit les petites prévenances d'Alexandre, n'ayant pas même l'air de s'en douter.

Mais ce qu'elle avait pris pour un caprice de brute était bel et bien de l'amour sérieux. Alexandre était décidément une petite sœur pour elle, respectueux plus que de raison, d'une timidité amusante chez cet homme grossier. Il ne négligeait aucune occasion d'embrasser la petite Roberte ou de lui offrir des friandises.

Roberte était le nom de la fillette d'Yvonne.

Cette tenue d'Alexandre finit cependant par donner à penser à la jeune marquise. Elle se demanda même si, par ce garçon, en agissant avec adresse, elle ne parviendrait pas à découvrir la vérité, et, à la suite de ce raisonnement, se résolut à changer subitement d'attitude avec lui.

Le lendemain matin, comme le garçon venait de lui monter son déjeuner — ainsi qu'il le faisait chaque jour sans y être obligé — et se disposait, à regret, à se retirer, Yvonne le pria de s'asseoir en lui offrant délibérément un siège.

Surpris et flatté, croyant intérieurement que sa remarque ne déplaisait pas à la jeune femme, Alexandre s'assit gauchement, attendant avec anxiété qu'elle prit la parole.

Yvonne parla, en effet, mais ce ne fut pas d'amour, comme bien l'on pense, et, contre toute attente, cela soulagea presque l'homme à tout faire de Mlle Oliva qui était insuffisamment préparé et redoutait son bonheur.

— N'y a-t-il pas eu un crime de commis dans cette maison ? demanda-t-elle.

— Si fait, madame. Non seulement dans cette maison, mais dans la chambre même que vous occupez.

Yvonne crut devoir faire un mouvement de stupeur.

— Un crime bien horrible ! reprit Alexandre satisfait d'impressionner. Ici demeurait le marquis du Valdamour, un pané...

— Un quoi ?

— Un *pané* ; c'est-à-dire un monsieur qui n'avait ni sou, ni maille. La patronne était sur le point de le jeter à la rue avec le grand escogriffe famélique qui lui servait de chien, lorsqu'il fit la connaissance du baron Therme de Paray, un richard celui-là, qui lui paya sa chambre, ses déjeuners, ses soupers et poussa l'amabilité jusqu'à le conduire chez Mlle Daltès, la cantatrice dont il était amoureux.

— Amoureux, interrompit Yvonne dissimulant avec peine son angoisse, vous en êtes sûr ?

— Oh ! parfaitement sûr.

— Comment peut-il savoir cela ? pensa la jeune femme mise en éveil, Robert n'était pas homme à faire ses confidences aux domestiques.

Jaloux de son succès et désireux de se montrer bien renseigné et beau parleur, Alexandre continuait, en étudiant ses phrases :

— Au n° 17, que vous n'avez pas voulu habiter, demeurait le vicomte Angel d'Urtille, se faisant appeler Francis Bordes, on ne sait pourquoi...

— Ah ! on ne sait pas ?

— Non, madame, et bien malin qui voudrait le dire aujourd'hui... Il s'intitulait négociant et on suppose que, comme M. du Valdamour il avait essayé de courtiser la Daltès...

— Alors, d'après vous, il y aurait eu rivalité entre ces deux hommes ?

— Oh ! une rivalité pas bien dangereuse, du moins de la part du vicomte.

— Que voulez-vous dire ?

— M. d'Urtille était légèrement déraisonnable. Il avait une araignée dans le plafond, comme on dit, et son amour, si tant est qu'il fut amoureux, consistait à fouetter l'objet de sa passion.

Une rougeur monta au front de la jeune femme. Ce détail donnait à la conversation un tour qui n'était pas fait pour lui plaire. Alexandre comprit et acheva vivement :

— Toujours est-il qu'un soir, le vicomte fut trouvé assassiné dans la chambre du marquis.

Yvonne ne répondit rien à ces dernières paroles. Elle réfléchissait à la cruelle vie qu'elle s'était imposée en jurant de faire triompher l'innocence de son mari. Elle pensait que chaque jour, à chaque heure, ses recherches l'exposeraient à se faire jeter à la face la culpabilité de Robert. Elle n'aurait pas même la ressource de faire naître l'intérêt, de tourner l'opinion, puisque la justice des hommes avait passé par là.

Si, pourtant, cette réhabilitation était encore possible, mais combien il lui faudrait accumuler de preuves irréfutables pour cela. Tout juge se croit volontiers infaillible et vouloir faire infirmer une sentence est une tâche presque aussi mal aisée que la mer à boire

— Comment se fait-il, demanda-t-elle enfin, que M. le vicomte d'Urtille ait été frappé ici et non chez lui ?

Cette simple question parut embarrasser Alexandre.

— Dame ! parce qu'il y était venu... Mais vous pensez bien que je n'étais point là, car j'aurais empêché la chose, acheva-t-il en s'embrouillant.

Yvonne avait fort bien remarqué son trouble ; elle n'en laissa cependant rien paraître, et changea même de thème pour lui donner le temps de se remettre.

— Dites-moi, M. Alexandre, qu'est-ce que c'est que la Daltès ?

— Une cantatrice de valeur, à ce qu'on dit, qui a rompu son engagement avec l'Opéra. Elle habite place Malesherbes, dans un hôtel à elle, et son intendant est une sorte de frère adoptif, un nommé Lugano. Ils sont Vénitiens tous deux.

Le garçon de Mlle Obusier parlait avec volubilité, apprenant beaucoup plus qu'on n'en demandait, comme pour se narguer lui-même de la grande souleur qu'il venait d'avoir. Mais, en voulant trop bien faire, il dépassait le but et son interlocutrice, très étonnée, se demanda pour la seconde fois :

« Comment peut-il savoir cela ? »

— A votre avis, reprit-elle, c'est bien M. du Valdamour qui a tué le vicomte ?

— Certes, qui voulez-vous que ce soit... d'ailleurs c'était sa hache.

Pour l'instant, Yvonne n'avait pas l'intention de pousser plus loin, aussi congédia-t-elle le garçon d'hôtel d'un geste bienveillant.

III

Armes de femme

Trois nouveaux jours s'écoulèrent pour elle en recherches vaines et, dans l'accablement résultant de
son insuccès, la malheureuse femme en arrivait à
douter de sa propre cause. Puis, malgré elle, malgré
la parole rassurante du docteur elle devenait jalouse
de la Daltès.

Au fait, que devenait-il, ce docteur ? Pourquoi
n'entendait-elle pas parler de lui comme il le lui
avait promis ? Il est vrai qu'il lui avait dit aussi :
« Si vous échouez, si la force vient à vous manquer,
allez trouver hardiment Emilia Daltès, c'est une digne et honnête femme dont le concours pourrait
vous être utile. »

Sa jalousie naissante lui conseillait de n'accepter
cette alliance que comme une ressource extrême.

Le quatrième jour, après lui avoir apporté son déjeuner, Alexandre, au lieu de se retirer comme de
coutume, se posa résolument devant Yvonne et lui
dit tout d'un trait :

— Madame de Kersaing, voulez-vous m'épouser ?

Cette fantastique proposition étonna beaucoup
moins la jeune femme qu'on pourrait le croire ; sans
précisément s'y attendre, vu les roucoulements timides du garçon, elle soupçonnait qu'il s'en hardi-

rait un jour. Or vous savez si la bravoure des peu-
reux est redoutable.

Donc, préparée qu'elle était déjà, loin de répondre
par un refus, elle dit en riant, le cœur remué par une
vague espérance :

— Vous épouser, M. Alexandre; Ignorez-vous
donc que je suis pauvre et cherche une place ?

— Oh ! non, je ne l'ignore pas, répondit Alexandre, puisque vous allez par la ville toute la journée,
et je soupçonne aussi que ce nom noble n'est pas le
vôtre... mais que m'importe ! Vous n'êtes pas riche,
ni moi non plus ; je possède cependant une somme
qui nous permettra de vivre gentiment... Dans peu
de temps, j'aurai trente mille francs, peut-être davantage... Toutes mes économies depuis bientôt dix
ans que je suis ici, sont placées... Ah ! si j'avais
voulu, il y a longtemps que j'aurais trouvé chaus-
sure à mon pied, comme on dit. Mais voilà, le cœur
n'y était pas, et j'ai compris qu'on ne m'aimerait que
pour mon argent...

— Qui vous dit ? voulut interrompre Yvonne.

— Oh ! madame, vous n'êtes pas de ces femmes-
là, vous !

— Qu'en savez-vous ?

— J'en sais assez. Sans que vous puissiez vous en
douter, je vous ai beaucoup observée. Vous êtes une
brave et honnête fille, un vrai cœur d'or... Je sais
bien qu'il y a la fillette, mais bah ! le passé ne me
regarde pas, et puis, mieux vaut avant qu'après,
comme on dit.

Il avait prononcé cette dernière phrase en l'accom-
pagnant d'un sourire qui complétait ce qu'il entendait dire.

La jeune femme respira. Un moment elle avait pu

se croire devinée, mais toute crainte à l'heure actuelle devenait superflue puisque le garçon d'hôtel
la prenait pour une fille séduite.

— Pour nous résumer, reprit Alexandre, voulez-
vous agréer ma demande ?

— Laissez-moi réfléchir, monsieur Alexandre.
Lundi, je vous ferai connaître ma décision.

— Lundi, cela tombe à merveille.

— Pour quelle raison ?

— Parce que Mlle Oliva, la patronne qui se dé-
range au plus deux fois l'an, opère une de ses sorties
ce jour-là. Si vous le permettez, je vous offrirai à déjeuner.

— J'accépte, monsieur Alexandre, à une condi-
tion, toutefois, c'est que le déjeuner aura lieu ici, à
cause de ma fille.

Le garçon d'hôtel se leva rayonnant et, avant de
se retirer, offrit une poignée de main à celle qu'il
considérait déjà comme sa fiancée.

Ah ! si l'opulente propriétaire avait pu le voir en
cet instant, quel flot d'amertume aurait débordé de
son cœur sur la duplicité de ces canailles d'hommes !

Pourtant, si, de son côté, à travers la porte qu'il
venait de refermer, Alexandre avait pu voir la locataire du n° 15 et surtout l'entendre, il fut certainement revenu à de meilleurs sentiments envers sa
grosse maîtresse et aurait décommandé de suite le
repas.

La marquise du Valdamour, en effet, n'était plus
cette jeune femme rieuse et calme qui, tout-à-l'heure,
acceptait les propositions du garçon. Elle avait
maintenant les sourcils froncés, le regard fixe et se
répétait tout bas ces paroles d'Alexandre :

— Vous n'êtes pas riche, moi non plus; je possède cependant une somme qui nous permettra de vivre gentiment... *Dans peu de temps, j'aurai trente mille francs... Peut-être davantage...*

— Ou il ment effrontément, s'interrompit-elle tout haut, ou il a volé cet argent... à moins pourtant qu'il n'ait été payé par l'assassin du vicomte... Si rangé qu'il soit, un garçon d'hôtel ne peut économiser une telle somme en dix ans!

Ah! comment savoir?

Sa figure se détendit soudain et un sourire vint relever le coin de ses lèvres.

Elle avait trouvé le moyen.

Le lendemain, elle sortit comme de coutume avec sa petite Roberte. Il lui eut paru imprudent de changer ses habitudes; mais, avant de rentrer, elle acheta deux bouteilles de bordeaux et un litre de trois-six.

Chez elle, une fois bien enfermée, elle déboucha les deux bouteilles, vida la moitié de leur contenu et les remplit avec l'alcool.

Puis, les bouteilles recachetées avec soin furent placées dans l'armoire pour servir d'armes de guerre au prochain combat qu'elle s'était mise en tête de livrer.

Au jour dit, midi venait à peine de sonner quand Alexandre, tout joyeux, pénétra dans la chambre d'Yvonne, porteur d'un panier.

Un marmiton, venant à sa suite, déposa des plats sur la table et disparut.

— Mangeons et buvons, dit le garçon d'hôtel après avoir embrassé la petite fille; ensuite, Mᵐᵉ de Kersaing, vous répondrez à ma demande. Mais d'abord, voyez si j'ai pensé à vous... Voici du bourgogne dont vous me direz des nouvelles.

Il tira de son panier une belle bouteille

— Oh ! que c'est aimable à vous, murmura Yvonne, je préfère ce vin à tout autre... Mais n'aimez-vous pas mieux le bordeaux, vous, M. Alexandre ?

— En effet.

— Eh bien, alors, surprise pour surprise, ajouta-t-elle en allant chercher les deux flacons achetés la veille, voici de quoi vous donner des forces.

Ils se mirent à table et Alexandre se versa une large rasade.

— Ça a dû vous coûter chaud, ce petit bleu-là, s'exclama-t-il en faisant claquer sa langue ; c'est crânement poivré !... Allons, chère madame, qu'avez-vous décidé ?

— J'ai décidé que nous nous marierions.

Alexandre vida son verre d'un trait et frappa des mains.

— A la bonne heure, vous êtes une femme de bon sens, comme on dit... Et pour quand la cérémonie ?

— Dans trois mois.

— Trois mois ! Mais c'est un siècle, cela !

Yvonne se mit à rire.

— C'est pour mes papiers, dit-elle. Quel volcan vous faites !

— Dame, on n'est pas de bois, comme on dit... Enfin mieux vaut tard que jamais... Buvons !

Et lui-même mettait si consciencieusement ce conseil en pratique qu'au milieu du repas, il était déjà à moitié gris.

Alors Yvonne put juger l'homme qu'elle avait devant elle. Si, jusqu'alors, il s'était montré presque convenable, il apparaissait maintenant tel qu'il était

6

46

en réalité : grossier, ignoble dans ses gestes et dans ses paroles.

Le cœur de la jeune femme se souleva de dégoût et, malgré le but noble qu'elle s'était imposé en descendant à cette promiscuité, elle fut sur le point d'abandonner la tâche, tant cet être la révoltait et la faisait rougir devant sa fille. Elle eut pourtant le courage de demeurer ferme, et bien lui en prit.

Alexandre, tout à fait exalté, tira de sa poche un portefeuille et y prit des billets de mille francs qu'il aligna.

— Voici de quoi faire une belle noce, dit-il avec orgueil. Ah ! la patronne en crèvera de jalousie, la pauvre grosse.

Il ajouta d'une voix pâteuse :

— Si vous voulez, Yvonne, nous achèterons un hôtel meublé. Celui d'Oliva, au besoin. Ça offre bien des agréments et des petits profits, comme on dit... Qu'en pensez-vous ?

— Votre idée est excellente, répondit-elle en lui remplissant son verre.

La mesure était comble. L'alcool mélangé au vin produisit un effet inattendu ; Alexandre s'assoupit les coudes sur la table.

Yvonne espérait mieux de son stratagème. L'ivresse provoquée par elle, contrairement au proverbe n'avait pu délier la langue de l'ivrogne, car à part les billets de banque alignés — simple preuve qu'il n'avait pas menti — le drôle s'était tu.

— Allons, se dit la jeune femme, j'ai mal joué et j'ai perdu.

Comme elle se levait, son regard s'arrêta sur deux lettres, tombées sans doute du portefeuille et avec lesquelles jouait la petite Roberte. Sa première idée fut de les prendre à l'enfant pour les restituer ; puis elle pensa que là, peut-être, était le secret tant cherché. Une lutte énergique s'établit alors entre sa conscience et la fascination qui la poussait à prendre connaissance de ces papiers.

Ce fut la tentation qui l'emporta enfin. Elle jeta un rapide coup d'œil sur l'homme endormi, se baissa vers sa fille et ensuite, se tournant vers la fenêtre, ouvrit la première lettre écrite, c'était visible, par une main de femme.

Cette lettre débutait par ces mots : « Milord marquis... » Et nous n'avons pas besoin d'ajouter que c'était cette même missive qu'avait reçu Robert le matin du jour où devait avoir lieu le meurtre.

Son contenu intéressa prodigieusement Yvonne. Deux passages surtout lui firent voir qu'elle était tombée là sur un document de haute importance, puisque miss P. H,.., la signataire, demandait au marquis de sortir le soir et de ne rentrer qu'après onze heures. — Restait à savoir si Robert avait acquiescé à cette étrange requête faite à sa galanterie. N'était-il réellement rentré qu'à l'heure demandée, c'est-à-dire bien après l'accomplissement du forfait ?

Une sueur froide perlait aux tempes d'Yvonne. Certes, il n'y avait pas à en douter, cette pièce devait avoir une signification capitale, mais elle ne portait aucune date, ce qui permettait d'établir une confusion et, de plus, les initiales de la signature ne pouvaient rien apprendre à la jeune femme, si ce n'est pourtant que la personne qui habitait jadis la chambre d'en face, et dont il n'avait pas été question au cours du procès, était quelque peu mêlée à l'affaire.

Désolée de ne pouvoir trouver le mot de cette

Énigme, la marquise du Valdamour passa à la seconde lettre.

Aux premiers mots, l'expression de son visage changea, une lueur lumineuse comme un éclair brilla dans ses yeux.

« Milord vicomte, — disait la lettre qui était signée
« comme la précédente, — vous aurez encore la
« faculté de venir ce soir chez moi par le même
« chemin qu'hier. Votre voisin, un vrai gentleman,
« ne rentrera qu'après votre visite : je m'en suis
« assurée. Préparez donc la porte qui vous a déjà
« servi à faire un pont entre les fenêtres. »

Yvonne embrassa sa fille avec effusion pour la bonne idée qu'elle avait eu de jouer avec les deux lettres.

Désormais, l'innocence de Robert du Valdamour lui semblait palpable et manifeste.

La seconde lettre adressée au vicomte d'Urtille devait servir de preuve irréfutable.

Robert avait adhéré, tombant dans le [piège qu'on lui tendait, et n'était rentré qu'à l'heure dite.

Alexandre, lui, détenteur de ces papiers était certainement le complice de l'assassin. La somme qu'il possédait, et celle plus forte qu'il devait recevoir, servaient de démonstration à sa culpabilité.

Mme du Valdamour se disait tout cela, comprenant que ses recherches venaient de trouver un point de départ. Elle ne se dissimulait pas cependant les difficultés qui lui restaient à surmonter : trouver celui dont Alexandre était le complice et découvrir l'auteur des deux lettres. Pour cela il lui fallait agir prudemment en continuant à endormir la méfiance du garçon d'hôtel.

Sa première pensée avait été de subtiliser les

lettres, mais c'était un jeux dangereux et, toute réflexion faite, après les avoir copiées à la hâte, elle les remit dans le portefeuille d'Alexandre.

Une heure après, celui-ci sortait de son assoupissement.

Le moment semblait venu de l'interroger adroitement.

Il regarda d'un œil hébété tout autour de lui, s'empara du portefeuille, le remit dans sa poche, et murmura d'un air contrit.

— Il faut me pardonner, madame de Kersaing ; j'ai si peu l'habitude de boire. J'étais déjà grisé par l'émotion, votre vin m'a achevé.

— Oh ! je vous pardonne volontiers, monsieur Alexandre.

— Bien vrai..... Alors notre mariage tient toujours ?

— Mais certainement... Il m'est même venue une idée...

— Dites ?

— Je voudrais faire venir mes meubles.

— Par exemple ! Pour déménager ?

— Dame, un intérieur est plus convenable... L'appartement qui est en face de cette chambre est-il libre ?

— Oui, depuis fort longtemps. Il était occupé par une petite anglaise assez drôlette, miss Paulette Hornn, se disant maîtresse de maintien... Une jolie blonde, ma foi !

— Je comprends, insinua Yvonne en riant, M. du Valdamour lui faisait la cour.

— Oh ! pour ça non, madame, j'en réponds.

— Pourquoi est-elle partie, l'Anglaise ?

— A cause de l'affaire qui a fait un tapage énorme

dans le quartier. Cette chambre et le n° 17 n'ont pas été loués depuis. En face, trois locataires et Mlle Paulette ont déménagé... Mais voulez-vous me permettre de vous donner un conseil, Mme de Kersaing, restez ici quelque temps encore, nous pourrons facilement nous voir.

— Oui, vous avez raison.

Alexandre s'approcha d'elle en disant :

— La patronne ne va pas tarder à rentrer et je vais vous quitter pour ne pas donner prise à sa jalousie... Voyons, vous me donnerez bien un petit baiser en acompte ?

Yvonne eut un mouvement de recul.

— Oh ! non, M. Alexandre, rien avant la noce.

— Hé, hé ! fit le garçon d'hôtel en regardant niaisement la fillette : je comprends... chat échaudé... comme on dit...

IV

Mme du Valdamour trouve deux alliés

A la suite de ce déjeuner qui n'avait pas été improductif en découvertes, la première pensée de la jeune femme fut de retourner au plus vite chez le juge d'instruction; mais se rappelant les façons cavalières et ironiques de ce magistrat, et ne pouvant, en somme, lui fournir aucune preuve de l'innocence de Robert, elle préféra y renoncer.

Restait le docteur Veshumyd sur lequel elle ne pouvait guère compter, le savant étant trop actionné à ses propres recherches.

Elle songea alors à Emilia Daltès, la seule personne qui, d'après le docteur, pouvait l'aider à connaître la vérité.

En dépit du sentiment de jalousie que lui inspirait cette femme elle se décida à aller la voir et partit avec sa fille pour la place Malesherbes. Là, contrairement aux habitudes, la porte toujours close de l'hôtel lui fut ouverte et elle se trouva en présence de Lugano.

— Que désirez-vous, madame ? lui demanda l'intendant de la cantatrice.

— Voir Mlle Daltès.

— J'ignore si elle est visible... Qui dois-je annoncer ?

— Madame de Kersaing.

— Tiens, pensa tout haut l'intendant, ce n'est pas celle-là qu'elle attendait.

Yvonne craignait un contre-temps.

— Mlle Daltès attendait quelqu'un ? dit-elle.

— Oui, madame. et vous voudrez bien m'excuser de ne pas vous introduire auprès d'Emilia qui m'a bien recommandé de ne faire entrer que Mme du Valdamour.

Cette dernière déclaration stupéfia Yvonne. Qui pouvait l'avoir annoncée à la cantatrice, elle dont le nom était un mystère pour tous, et qui, une heure plus tôt, ne savait pas encore si elle viendrait jamais en cet hôtel ?

Lugano la regardait avec bonté, contrarié de la mission qui lui incombait d'écor.duire cette jeune femme dont le visage ouvert et franc lui plaisait. La réponse d'Yvonne le fit sursauter.

— Alors vous pouvez me faire pénétrer près de Mlle Daltès sans lui désobéir, dit-elle ; je suis Mme du Valdamour.

— Ce Black-Mid est toujours aussi fort ! ne put s'empêcher de murmurer le Vénitien plein d'admiration.

Yvonne n'eut pas le temps de demander ce qu'était ce Black-Mid, parce qu'une voix délicatement musicale disait à la porte entrebaillée d'une pièce voisine :

— Eh bien ! Lugano.

La porte s'ouvrit toute grande et la petite Roberte poussa un cri d'admiration, tandis que sa mère était littéralement éblouie.

C'était Emilia Daltès qui venait de paraître au seuil de son boudoir, Emilia Daltès merveilleuse

ment belle dans le fantastique costume d'almée orien-
tale dont elle était revêtue. Par le docteur Veshumyd
elle avait appris la présence à Paris de la femme du
condamné et, ce jour-là, comme elle consultait
Black-Mid à son sujet, la petite vipère noire lui avait
répondu à sa manière en mordillant les cartes : « Elle
vient ». La sonnette de la grille ayant retentit juste
au moment où elle sortait de la Tombe-Rouge, sa
première parole, en voyant Lugano, avait été de lui
dire : Je n'y suis que pour Mme du Valdamour. Puis,
rentrée dans son boudoir, soudain intéressée par la
voix de femme qu'elle entendait répondre à son
intendant, elle n'avait pas pris le temps de quitter
son costume païen pour se montrer.

— Madame, dit-elle à Yvonne, en souriant de
l'effet produit par son apparition, car la comédienne
n'était pas tout à fait morte en elle, madame, je suis
celle que vous demandez. Vous me pardonnerez de
vous recevoir dans cette tenue, en faveur de l'intention ; c'est pour ne point vous faire attendre.

Un instant après, installée dans le boudoir de la
cantatrice, entre Emilia et Lugano, Yvonne leur faisait le récit de sa visite au juge d'instruction et de la
sourde enquête qu'elle menait toute seule depuis
son arrivée à Paris.

Si la marquise avait été impressionnée par la
beauté de l'ex-pensionnaire de l'Opéra, cette dernière
ne put s'empêcher d'être émerveillée du récit fait par
Yvonne. Les menées avec Alexandre, le garçon d'hôtel, la remplirent d'admiration pour l'audacieuse, et
les conclusions qu'elle tirait de la lecture des lettres
de l'Anglaise, conclusions démontrant jusqu'à l'évidence l'innocence du marquis, lui semblèrent logi-
ques.

Quand la jeune femme termina l'histoire de ses découvertes en exhibant la copie faite par elle des deux lettres, un éclair de sincère joie brilla dans les yeux de la Vénitienne. Depuis la condamnation du marquis, sa conscience la tourmentait. Ayant passé en tête-à-tête avec lui la soirée du crime, elle se croyait quelque peu coupable de son malheur et s'en voulait mortellement d'être restée inactive, alors qu'il était encore temps de prouver son innocence, dont elle ne doutait pas.

— Madame, prononça-t-elle en caressant la tête blonde de la petite Roberte qui s'était tout de suite familiarisée, votre dévouement est digne de tous les éloges. Guidée par votre cœur et par amour pour celui qui vous avait abandonnée, vous venez de trouver la vraie marche de cette affaire, où la justice s'est égarée ; vous seule, ignorante de la capitale, vous aurez fait plus en quelques jours que la police en des mois... Certes, je suis prête à vous aider si mon concours peut vous être utile et j'ai la conviction profonde qu'il nous sera possible de faire rendre l'honneur au marquis du Valdamour.

La figure de la pauvre marquise devint radieuse et ses grands yeux voilés de larmes rayonnèrent à l'espoir de n'être plus seule à travailler pour son mari.

— Ah ! j'avais grand peur de ne pas rencontrer en vous une alliée, laissa-t-elle échapper. Robert vous aimait...

La Daltès murmura :

— Je sais beaucoup de choses, puisque je savais avant vous-même que vous viendriez ici. Eh bien ! je lis au fond de votre cœur, et je ne puis vous en vouloir, de m'avoir cru complice de l'assassin.

— Oh ! pardonnez-moi.

La cantatrice lui prit affectueusement les deux mains.

— Vous pardonner, dit-elle ; oh ! je sens trop bien toutes les tortures par lesquelles vous avez dû passer pour vous en vouloir d'un soupçon envers une personne que son métier, et les racontars des mauvaises langues, pouvaient vous faire mal juger.

M. du Valdamour m'aimait c'est vrai — ne pleurez pas, le pauvre garçon ignorait lui-même le véritable état de son cœur. Moi je ne pouvais lui donner aucun espoir, ma pensée était déjà prise.

Vous qui ne comptez plus vos souffrances, madame, et qui adorez toujours votre mari, vous ne devez pas ignorer combien le cœur d'une femme est crédule, avec quelle facilité il se fait illusion, quel immense bonheur nous éprouvons à nous savoir distinguées par l'homme choisi, quelle torture nous ressentons quand nous apprenons qu'il existe une rivale, surtout quand cette rivale a des droits antérieurs et bien établis.

C'est tout un bonheur qui s'envole, une existence qui s'effondre, un rêve qui s'obscurcit...

La Daltès s'exaltait en parlant.

— Quelques-unes acceptent en chose passive cet écroulement de leur vie ; d'autres, faisant violence à leur faiblesse, se révolte et combattent... Tel est votre cas... Mais moi, hélas ! je ne puis lutter contre ma rivale parce qu'elle a nom la *science*...,

Yvonne, très impressionnée, avait écouté en frémissant cette longue tirade, ressentant la vérité de certains mots. L'énigme de la dernière phrase lui échappant elle demanda :

— La science ?

— Oui, celle d'un philantrope, le docteur Veshumyd.

— Ah ! c'est lui qui m'avait conseillé de venir vous voir, s'écria la jeune femme. Comme vous il m'a promis son aide et a juré la réhabilitation de Robert.

Emilia n'avait pas abandonné les mains de la jeune femme.

— S'il en est ainsi, fit-elle en les pressant, votre cause m'est doublement sacrée, ma chère Yvonne, — car vous permettrez à votre nouvelle amie de de vous nommer ainsi, n'est-ce pas ?

— Vous me comblez, mademoiselle.

La Daltès sourit.

Par représailles, dit-elle, vous devrez, vous aussi, m'appeler Emilia tout court.

Puis, se retournant vers Lugano, qui avait assisté à cette conversation sans y prendre part, elle ajouta :

— Comment sortir de cette impasse ?

— Tout d'abord, déclara le jeune homme, il nous faudrait retrouver cette demoiselle Paulette Hornn qui me paraît être, à l'heure actuelle, le témoin le plus important. En effet, nous ne savons encore quel rapport peut exister entre cette petite Anglaise et le crime ; elle seule peut nous l'apprendre. Dans tous les cas, ses lettres prouvent surabondamment ses relations avec la victime et nous n'avons pas besoin d'en savoir plus long pour penser qu'elle peut nous énumérer les fréquentations qu'avait le vicomte et les ennemis qu'il se connaissait. Après cela notre tâche sera moins difficile à poursuivre.

Emilia Daltès approuva de la tête.

— Pour le moment, poursuivit Lugano, tous nos moyens doivent donc être mis en jeu pour dénicher cette Paulette, notre pierre d'achoppement. Quant au garçon d'hôtel Alexandre, il n'y a rien à craindre de lui si Mᵐᵉ du Valdamour consent à jouer encore le rôle qui lui a été inspiré par la situation, en ne démentant pas prématurément ses espérances au sujet du mariage projeté...

— Je suis de votre avis, interrompit Yvonne ; mais il y a bien longtemps déjà que miss Paulette Hornn a quitté son logement, comment ferez-vous pour la découvrir ?

— Oh ! je m'en charge, fit l'intendant. Cependant, si vous appreniez quelque chose de nouveau, madame, il faudrait nous en aviser.

— J'allais vous en demander la permission ; mais je dois agir avec précaution à cause d'Alexandre. En venant ici, il pourrait me suivre et tout serait perdu.

— Alors, le mieux serait de nous écrire.

— Ce ne serait pas plus prudent ; il est jaloux cet Alexandre et m'accompagnerait peut-être à la poste.

— Peste ! fit en riant la Daltès, vous prévoyez tout comme une policière de profession, ma chère Yvonne ; comment nous dépêtrer de cet amoureux encombrant ?

— Laissez-moi y réfléchir, je trouverai bien le moyen de vous aviser sans éveiller ses soupçons.

Les deux femmes s'embrassèrent comme deux vieilles amies, puis prirent congé l'une de l'autre. Yvonne un peu réconfortée à l'idée d'avoir rencontré une alliée si aimable, Emilia toute réjouie d'avoir découvert un cœur d'amoureuse tout aussi épris que le sien.

V

Le récit de Cacatois,

Le docteur Veshumyd, en dehors de sa classification dans l'art et des cures merveilleuses qui étaient à son actif, pouvait assurément passer pour ce qu'on nomme dans certains milieux un « type ».

Un ami, appelé Magloire, qui lui rendait parfois le service de tenir sa comptabilité, s'était permis, d'après ce que l'on racontait, de le présenter par ces mots à une dame en position intéressante :

> — Je vous présente un bon docteur,
> Homme savant autant qu'habile
> Surtout dans l'art de l'accoucheur
> Assurément fort difficile ;
> Car il faut joindre à la science
> De bons et solides biceps
> Et ne point manquer d'assurance
> Quand on tient en main le forceps...

Tout autre praticien eut perdu ses entrées dans la maison après une semblable introduction, mais le docteur Weshumyd n'était pas au nombre des malchanceux, car non seulement la dame ne se froissa pas des vers libres de M. Magloire, mais confia même au docteur le soin de mettre au monde celui qu'elle attendait.

Après la délivrance, le mari fit entendre à quelques

Intimes que, pris sans doute d'émulation le savant avait dit à sa femme sur un ton inspiré :

> Aux plaisirs de l'amour, livrez-vous sans retard,
> Pour donner, ô madame, une sœur au moutard !

Mais ce mari était une mauvaise langue indigne de crédit.

Le savant n'était pas homme à subir un entraînement si peu compatible avec son sérieux ordinaire.

Comme nous l'avons dit au début, le docteur habitait au n° 3 de la rue Colbert. Son appartement particulier, situé au second sur la cour, n'offrait rien de remarquable. Il n'en était pas de même des pièces confinant à son cabinet de consultation qui, avec sa clinique et ses dépendances, occupaient tout le même étage en façade.

C'est là que le savant avait amené, gardait et soignait, à l'insu de tous, sa singulière rencontre de la nuit du crime.

Par les quelques mots échappés au malheureux insensé, caché dans le renfoncement d'une porte, surtout par les révélations que le savant se faisait fort de procurer au tribunal, on sait déjà que la trouvaille n'était autre que Cacatois, ce pauvre grand corps étique qui vivait dans la chambre du marquis du Valdamour et n'inspirait rien de bon à Mme Obusier ni à son matou !

Certes, en introduisant chez lui ce squelette privé de raison, la première pensée du docteur avait été de remettre d'aplomb ce cerveau troublé, puis de lui arracher le terrible secret que ses divagations faisaient prévoir. En somme, il pensait alors n'agir que comme policier et par seule générosité pour l'inculpé que tout accablait.

Mais, peu à peu, son naturel avait repris le dessus et il s'était surpris à ressentir une certaine joie de posséder à lui, à lui seul, un malade de cette sorte sur lequel il pourrait expérimenter une nouvelle méthode dont il comptait doter la science.

De fait il avait expérimenté et même réussi au delà de toute espérance.

Sortant des sentiers battus, dédaignant les systèmes inhumains mis en usage dans toutes les maisons d'aliénés, — systèmes d'une utilité très contestable puisqu'ils n'obtiennent aucune guérison, — il s'était astreint à passer deux ou trois heures chaque jour avec son malade, le traitant d'une façon raisonnée, agissant sur son cerveau par vibrations graduées, pétrissant sa mémoire avec une patience angélique et tenace.

Le résultat, il faut bien l'avouer, fut exactement celui qu'avait pronostiqué le savant, c'est-à-dire, unique en son genre, car un jour, — un mois environ après la condamnation de Robert — il put dire en toute franchise à son malade :

— Vous êtes guéri !

— Guéri ! s'écria le grand diable dont le long corps se ploya en deux pour permettre à ses lèvres d'effleurer les mains du docteur.

— Oui, reprit celui-ci, se rappelant soudain les constatations qu'il avait été appelé à faire et sa promesse à M⁰⁰ du Valdamour ; mais pour prix de mes soins, si vous en êtes satisfait, je voudrais apprendre de votre bouche l'histoire de celui qui tenait la hache d'abordage dans la chambre n° 15 de l'hôtel de la rue de Laval ?

Cette question fit pâlir Cacatois.

— Ah ! le capitaine Berr, murmura-t-il en fermant les poings.

Jusque-là, et pour ne pas compromettre sa cure, jamais le docteur Veshumyd n'avait encore dit un mot de ce sujet. Il reprit d'un ton dégagé semblant à dessein ne pas prendre garde au trouble de son convalescent qu'il surveillait du coin de l'œil :

— Physiquement, comment est-il, ce capitaine Berr ?

— Oh ! bien changé !... Dame, j'ai été longtemps sans le voir... C'est un vieillard, maintenant, un grand vieillard très bien mis...

— Je ne connais aucune personne de ce nom, pensa tout haut le docteur.

— Parbleu, répliqua Cacatois, l'origine de son opulence lui a sans doute donné idée de faire peau neuve. On ne doit plus être tranquille après un premier meurtre, même quand on croit avoir anéanti tous les témoins.

Tenez, M. le docteur, vous m'avez bien complètement sauvé puisqu'il m'est possible de reporter mon souvenir aux scènes horribles où sombra ma raison, sans la perdre à nouveau.

Le docteur s'installa commodément dans un fauteuil et, du geste, invita son compagnon à en faire autant.

— En effet, dit-il, c'est une épreuve... Cependant, j'ai d'autres motifs pour vous interroger. Le dernier forfait dont vous avez été seul témoin a fait deux victimes ; la justice s'est égarée sur une fausse piste et, faute d'un témoignage, le vôtre, s'est trompée en condamnant un innocent. Notre devoir est de le secourir, d'ouvrir les yeux de la loi. Mais pour agir utilement il me faut connaître à fond l'histoire du criminel... Allez, mon ami, je vous écoute...

7

Cacatois se recueillit un instant et commença :

— Je m'étais embarqué en qualité de mousse à bord du brick de Saint-Malo, *l'Armor*, et, après une heureuse traversée, s'étant avantageusement défait à Valparaiso de son chargément, le capitaine Berr, sur l'ordre de ses armateurs, comptait gagner Santiago sur lest pour y charger des bois destinés à l'ébénisterie.

Habituellement un voyage sur lest met le navire en état d'infériorité envers la mer, son ennemie, et on n'y a recours que dans de rares cas. Pour nous, le danger était d'autant moins à craindre que Santiago n'est qu'à très peu de distance de Valparaiso et qu'aucun baromètre ne semblait faire prévoir le mauvais temps, bien au contraire, puisque, depuis près de trois semaines, nous étions retenus dans ce dernier port par le calme plat.

Un soir, la mer dormait comme de coutume. Vaguement éclairé par la pâle lumière des étoiles, le brick allongeait l'ombre de sa mâture sur le gigantesque miroir de la rade. L'équipage, en apparence du moins, dormait aussi, imitant le vent et la mer, et le pas du capitaine Berr, arpentant avec lenteur le gaillard d'arrière, troublait seul le silence absolu.

C'était un rude marin, ce capitaine Berr, mais peu sympathique et peu ouvert, semblant traîner avec lui une mélancolie, un regret, peut-être même une envie impossible à réaliser.

Sous ce firmament limpide, dans cet air tiède et lourd, pris d'une gêne indéfinissable, avant-goût de la prostration, qui saisit l'homme dans l'absence complète de mouvements extérieurs et de bruit, il levait de temps à autre son regard vers les vergues autour desquelles s'enroulait une brume fugitive faite de diaphanes et capricieuses vapeurs.

L'impatience de cette inaction forcée lui communiquait des mouvements nerveux. A des moments,
il pensait à jeter toute la bordée de quart dans les
agrès, furieux de voir ces fainéants de matelots faire
corps avec l'emplanture des mâts ou s'adosser,
immobiles, aux bastingages.

Le premier quart touchait à son terme. Les trois
hommes de la bordée et moi, nous nous levâmes
tout à coup parce qu'un bruit venait de se produire
à la hanche tribord du navire qui avait eu un imper-
ceptible coup de roulis.

— As-tu senti, matelot ? demandai-je à l'un de
mes compagnons.

— Hé oui, capelan ! l'*Armor* flaire le vent...

— Si ça pouvait tant seulement être ça, dit un
autre.

Celui qui m'avait donné le nom amical de capelan
présenta successivement sa joue à toutes les aires du
vent.

— Autant qu'à fond de cale ! fit-il désappointé.

— Du monde à l'échelle ; on embarque ! cria en
cet instant le capitaine.

Une petite ride courait sur la rade, sillage de l'embarcation qui venait d'accoster sans bruit, et nous
n'étions pas encore sur le plat bord qu'un fort bel
homme, suivi d'un domestique portant une lourde
valise, le franchissait d'un saut.

Le nouveau venu s'approcha du capitaine et tous
deux se mirent à causer avec animation. Peu à peu,
sans prendre garde à notre présence, leurs voix
s'élevèrent assez, et nous pûmes comprendre que
l'étranger demandait au capitaine d'appareiller immédiatement pour le conduire à Santiago et que celui-
ci s'en défendait.

— Je suis engagé d'honneur, dit enfin le premier. Demain matin, à heure fixe, ma caisse doit faire face à cent mille pesos d'échéance. Ne perdons pas une minute, capitaine, et foi de baron de Kersaing, vous n'aurez pas à vous repentir de m'avoir rendu service.

A Valparaiso, le nom du baron de Kersaing était populaire. Mes compagnons et moi nous ouvrîmes de grands yeux en apprenant que c'était là le riche banquier.

— Vous portez donc vos fonds avec vous ? demanda le capitaine Berr, dont l'obscurité voilait le regard, mais dont la voix semblait mal assurée.

M. de Kersaing frappa sur la valise.

— Il y a là cent trois mille quadruples d'or, fit-il, un peu plus d'un million en votre monnaie.

— Votre domestique serait du voyage ?

— Non, il doit retourner à ma succursale.

Cette assurance sembla faire plaisir au capitaine dont c'était le dernier prétexte.

— Soit, fit-il, l'*Armor* est à vos ordres, M. de Kersaing. Vous voudrez bien accepter pour cette nuit ma cabine, moi, je resterai sur le pont, et puisque la brise est aussi de vos amies, j'espère que nous pourrons mouiller à l'embouchure du fleuve peu après le lever du soleil.

Par une bizarre rencontre, le vent qui nous tenait rigueur depuis si longtemps venait en effet de se lever.

Le domestique du banquier étant redescendu dans l'embarcation, tout l'équipage fut mis au guindeau pour déraper, et, une heure après, l'*Armor* courait en pleine mer sous ses huniers et ses perroquets.

Tandis que mes compagnons du premier quart se retiraient dans le poste de l'équipage pour faire honneur à leurs couchettes, moi, encore accablé par la chaleur et désireux de profiter le plus longtemps possible de la nouvelle fraîcheur qui venait de nous arriver, j'allai m'étendre au pied du grand mât, sous le treuil, tout contre la claire-voie de la cabine du capitaine. J'y vis descendre le banquier. Puis, comme le brick allait tranquillement son chemin, toujours en vue des côtes, et qu'aucune manœuvre ne troublait le silence, je finis par m'endormir, la tête appuyée sur l'un des châssis de la claire-voie entr'ouverte.

Combien de temps dura ce sommeil ? je ne saurais le dire, et mes idées ne sont pas mieux fixées sur l'heure où il fut interrompu brutalement par un cri étouffé, cri de douleur et d'agonie qui fut jeté si près de moi que je bondis sur mes pieds, tout bouleversé comme au sortir d'un affreux cauchemar.

Pourtant, l'appel désespéré — qui retentit encore aujourd'hui à mon oreille — n'avait eu aucun écho sur le pont où nul ne bougeait. La silhouette du capitaine ne se montrait pas à sa place habituelle sur la dunette. Sous cette apparence d'abandon complet, l'*Armor* se conduisait bien ; la brise avait considérablement fraichie, les étoiles s'étaient dérobées derrière de gros nuages noirs et le brick, fortement incliné sous le vent, courait à l'assaut de larges lames creuses à la tête chargée d'écume.

Il me parut même qu'il courait trop bien. Evidemment un grain menaçait ; la mâture gémissait sous sa toile et, dans ces circonstances, l'absence du capitaine n'était pas moins insolite que celle de la bordée de quart.

Mon attention fut alors attirée par la claire-voie de la cabine qui mettait un rectangle lumineux au milieu de l'obscurité.

Je me rapprochai d'elle, car mon premier mouvement m'en avait éloigné, et je lançai un regard dans l'intérieur...

Cacatois s'interrompit pour essuyer son front qui était tout en sueur.

— Continuez, continuez, dit le docteur Veshumyd, intéressé au dernier des points.

— Ah ! docteur, reprit à voix basse le convalescent, bien des hommes forts n'auraient pas résisté au long martyr que je dus subir cette nuit, et je n'étais encore qu'un enfant... En regardant dans la cabine, le spectacle qui s'offrit à mes yeux glaça mon sang d'horreur. Je compris alors pourquoi le capitaine Berr n'était pas à son poste et pourquoi, ayant l'oreille appuyée tout contre la claire-voie, j'avais été seul à entendre le cri d'agonie du banquier, car c'était M. le baron de Kersaing qui l'avait poussé, ce cri.

Il gisait tout de son long sur la couchette de la petite chambre dont le parquet était rouge du sang tombant goutte à goutte d'une épouvantable et béante entaille faite à son front. Auprès de lui, l'œil féroce, tenant encore à deux mains la hache d'abordage qui venait de lui servir à accomplir son crime, se tenait le capitaine Berr. Aucune crainte d'être surpris dans cette position ne se lisait sur ses traits : il avait pris ses précautions.

Le malheureux banquier ne devait son sort qu'à sa trop grande confiance. Sa perte avait probablement été décidée dès l'instant où il s'était vanté de porter un million dans sa valise. D'ailleurs il n'avait

pas souffert, l'énorme ouverture de sa tempe demon-
trait assez que son premier cri s'était achevé dans
l'autre monde.

Je voulais courir au poste de l'équipage, prévenir
tout le monde, mais mes jambes se dérobaient sous
moi parce que le capitaine Berr sortait de la cabine
portant le cadavre sur ses épaules. Il passa devant
moi sans me voir et descendit l'échelle d'entrepont.
Il allait enterrer sa victime dans le sable qui nous
servait de lest.

Son éloignement me rendit quelques forces. Tout
d'abord, je cherchai vainement mes compagnons : il
n'y avait personne sur le pont et le poste était vide.
En passant devant la cambuse, je poussai machina-
lement la porte qui céda. Là tout l'équipage était
réuni, incapable de me protéger et de se protéger lui-
même, hélas ! Bordée de quart et bordée de repos
gisaient fraternellement sur le sol entre de nombreuses bouteilles de tafia sans liquide. Tous étaient
ivres.

Pendant mon sommeil, pour perpétrer son forfait,
sans témoins, le capitaine leur avait ouvert la porte
de la cambuse.

Je n'eus pas le temps de réfléchir à l'atrocité de la
situation, car un craquement formidable qui ébranla
tout le navire me relança instinctivement sur le
pont.

Un grain venait de tomber sur le brick avec la
soudaineté de la foudre, ce qui n'est pas rare dans
ces parages, et, en l'absence de tout matelot pour les
soulager, les mâts, sollicités par l'immense poids de
leur voilure eussent à coup sûr fait sombrer l'*Armor*, si, dès l'abord, le mât de misaine ne se fût
rompu au ras du pont

Le visage pâle et contracté du capitaine Berr se montra à l'écoutille. Certes, il pouvait avoir peur : à part même les remords de son forfait, le criminel voyait avec épouvante l'imminence du péril. Le brick était en perdition ; il avait des brisants à son arrière, à son avant, partout. Livré à lui-même, sans personne pour le gouverner, il semblait avoir franchi les têtes de quelques récifs avec un bonheur extraordinaire ; il aurait dû avoir touché vingt fois.

La mer se soulevait furieuse, le grand hunier continuait à peser sur le navire ébranlé jusqu'à la quille et courant comme le vent ; mais il avait beau courir les brisants semblaient le suivre. Nous avions autour de nous un rayon de trois cents toises d'écume.

Jamais je ne m'étais trouvé en pareil enfer. Ce n'était point une tempête ordinaire, les nuages s'étaient dissipés et le firmament avait son semis d'étoiles des plus belles nuits. L'embrun des lames réfractait la blanche lumière de la lune et tombait sur l'*Armor* en pluie de diamants.

Le vent redoublait toujours de violence, les vagues irrégulières, furieuses, surgissaient instantanément, mues par une puissance singulière, comme il arrive dans le champ des cyclones. Elles ne suivaient point la direction du vent ; elles allaient se heurter l'une contre l'autre en noyant le brick sous les écumants débris de leurs chocs gigantesques.

Evidemment, l'émotion du capitaine lui faisait perdre la tête, car il regardait la mer avec stupeur et devait bien savoir pourtant, lui, un vieux loup d'eau salée, qu'il ne pouvait se trouver de brisants dans ces parages.

Tout à coup un second craquement se fit entendre

le grand mât de hune tomba du même bord que le mât de misaine, engageant le navire qui se coucha. L'eau fit irruption par dessus le plat-bord.

— Du monde à la hune ! Coupez les étais ! hurla le capitaine qui, dans son désarroi, oubliait l'état où il avait volontairement mis son équipage.

Alors un sourire satanique éclaira le visage du capitaine Berr. Il dit entre ses dents :

— Je n'ai que juste le temps, mais Satan est pour moi. La trombe va disjointurer proprement l'*Armor*, et tous ces coquins d'ivrognes iront mettre de l'eau dans leur vin... De cette façon il n'y aura pas de témoins.

Il descendit comme un ouragan l'échelle de sa cabine et remonta bientôt après, le corps entouré d'une ceinture de sauvetage, traînant péniblement après lui la lourde valise du mort. Il n'agissait que par mouvement saccadés, mais avec un but bien arrêté.

Le navire donnait tellement de la bande que sur ses pistolets, le canot était presque à flot.

Le capitaine y embarqua la valise, y monta lui-même, coupa les deux palans, déborda et s'éloigna à force d'avirons, comme un lâche, sans crier gare.

Maintenant, à bord du brick en détresse où l'eau entrait toujours, j'étais seul à pouvoir lutter contre la mer. Les lames brisaient encore ; cependant, il y avait une sorte d'accalmie et les vagues diminuaient.

Manifestement, le capitaine n'avait pas songé à moi, sans quoi il n'eut pas si rapidement quitté son bord. Son embarcation disparut dans la nuit...

Depuis, je n'ai revu le capitaine Berr qu'une seule fois. La certitude de n'avoir plus cet assassin à mes côtés me soulagea beaucoup. Mes nerfs étaient tendus à se rompre et l'imminence du danger me donnait encore la force de ne pas m'abandonner.

En jetant un dernier regard vers l'embarcation qui disparaissait, je vis non sans étonnement que les brisants changeaient sensiblement de place ; or, le navire privé de toutes voiles demeurait stationnaire. Cette anomalie me fit penser au cataclysme dont avait parlé le capitaine Berr : la *trombe* !

Le plus pressé était de dégager le navire. Je pris la hache d'abordage encore dégoûtante de sang, dont s'était servi le meurtrier, et je m'élançai vers la hune pour couper les cordages. Mais mes mesures avaient été mal prises et quand le brick se releva j'étais à la la mer, avec ma hache. Le courant nous entraînait ensemble loin du navire.

C'est à cette maladresse que je dois d'être encore vivant. Le capitaine Berr ne s'était pas trompé.

J'étais à peine installé à cheval sur mon mât, pour résister au roulis, que je vis la mer s'élever en forme de dôme à cinquante toises environ de l'avant du brick. Du sein de ce mamelon liquide, une vis colossale s'élança rapide, tourbillonnante vers le ciel. Sa base pompait l'Océan, sa tête aspirait les nuages. Elle se dirigeait droit sur l'*Armor*.

Alors je fus témoin d'un spectacle bien rare et bien terrible : la trombe s'empara du navire, l'enleva, le fit tournoyer un moment, et l'instant d'après, l'*Armor* retombait, disloqué, brisé en mille pièces.

Il serait inutile de chercher à vous dépeindre toutes les souffrances, toutes les angoisses que je dus endurer pendant la longue journée que je passai sur le mât roulé sans relâche. La hache d'abordage restait plantée entre les agrès fauchés au capelage et mes deux mains se cramponnaient à son manche.

L'aurore vint éclairer la scène du naufrage ; il ne restait rien du brick. Le soleil monta puis descendit. Douze heures se passèrent, douze heures d'indicible torture. Epuisé par la lutte, vaincu par la soif, je pressentais qu'il était bien audacieux de vouloir disputer ma misérable existence à la mer.

La nuit tomba au moment même où je perdais connaissance : le délire s'emparait de moi.

Pour ce qui se passa ensuite, s'interrompit encore Cacatois, mes souvenirs sont très confus : ma raison n'était déjà plus à moi.

Poussé à la côte et recueilli sans doute par des pêcheurs, je fus l'objet d'une curiosité générale à cause de la hache sur laquelle se voyaient des traces de sang et surtout à cause de mes divagations au sujet du banquier qu'on croyait en fuite et que tout le pays maudissait.

Conduit à Santiago et mis en présence de M⁻ de Kersaing, veuve de la victime du capitaine, mes discours produisirent sur elle une si fâcheuse impression, que la malheureuse femme, après avoir liquidé les affaires de la banque, incapable de survivre à son mari et à sa ruine, appela sa belle-sœur auprès d'elle et mourut en lui confiant sa fille.

Prise de pitié pour moi, Mⁿᵉ Jenny de Kersaing, la sœur du banquier, me ramena avec elle en Bretagne et, malgré les papillons qui voltigeaient autour de mon cerveau, ma mémoire est fidèle à l'amitié de la petite demoiselle Yvonne de Kersaing qui devait devenir marquise du Valdamour.

— Quoi, s'exclama le docteur stupéfait, la marquise serait la fille de ce pauvre homme lâchement assassiné sur votre brick ?

— C'est sa fille.

— Alors, puisque vous avez cru reconnaître le capitaine Berr dans le meurtrier de la rue de Laval...

— Je n'ai pas seulement cru le reconnaître, interrompit Cacatois, je suis certain de l'avoir reconnu. Ah ! les années ont eu beau le vieillir, je l'aurais reconnu dans cent ans en n'importe quelle circonstance. Et pouvais-je me tromper en voyant, tel qu'autrefois dans sa cabine, briller le regard du capitaine Berr, au moment où il frappait une autre victime, dans la chambre de Robert du Valdamour.

De plus, remarquez quelle affreuse coïncidence, par hasard, à son insu, il se servait pour la seconde fois, dans un même but, de la même hache d'abordage que j'avais apportée.

— Soyez sûr, M. le docteur, termina Cacatois, que ni l'âge, ni l'habit, ni le nom ne pourraient abuser le seul survivant de l'*Armor*, le seul témoin du crime. Faites-moi pénétrer dans la société où il va et fût-ce dans une église, rien ne m'empêchera de le désigner en criant : cet homme est le capitaine Berr, deux fois meurtrier !

— Merci, fit le savant en serrant les deux mains de Cacatois ; vous êtes bien guéri, mon ami, et j'aurai peut-être occasion, avant peu, de mettre à contribution votre mémoire, pour mettre le vrai coupable à la place du marquis Robert.

VI

Où Lugano est singulièrement surpris

En dépit de sa confiance en lui-même, après quinze jours de recherches infructueuses, Lugano dut s'avouer qu'il s'était peut-être trop avancé en affirmant pouvoir trouver miss Paulette Hornn, cette insaisissable petite anglaise.

Emilia l'avait laissé faire à sa guise jusque-là.

— Le journal est un auxiliaire précieux, lui dit-elle un jour qu'il rentrait découragé, si nous en essayons ?

Enchanté de cette idée, Lugano rédigea immédiatement cette annonce, habilement conçue en termes économiques, pour le *Petit Journal :*

ON DEMANDE jeune gouv. ou dem. de comp. sachant donner leç. maintien, angl. de préférence. Gros app. — Ecr. init. E. D., poste rest. Bd Malesherbes, 101.

Le lendemain, Lugano expédié au bureau de poste en ramena un énorme paquet de lettres. Toutes les élèves du Conservatoire des classes de chant, de musique ou de déclamation avaient répondu avec un ensemble touchant. D'autres lettres venaient d'Angleterre, d'Allemagne, de Suisse; mais pas une de ces missives n'était signée du nom désiré.

De deux choses l'une, ou miss Paulette n'avait pas lu l'annonce, ou elle se méfiait.

La Daltès s'exaltait facilement surtout contre l'in-succès. Tous les grands journaux étrangers, le *Times*, de Londres, l'*Herald*, de New-York, la *Gazetta di Noticias*, de Rio insérèrent successivement sa réclame, sans lui apporter de meilleures ré-ponses.

C'était à jeter le manche après la cognée. Emilia désespérait d'aboutir, et, sans la certitude d'être agréable au docteur Veshumyd en aidant Mᵐᵉ du Valdamour, elle eût depuis longtemps abandonné cette poursuite.

Heureusement que cette lassitude de la cantatrice coïncida avec une nouvelle idée de Lugano.

— Lia, dit-il à celle qu'il appelait sa sœur, laisse-moi agir seul maintenant.

— Que veux-tu faire ?

— Prendre un logement et fonder une agence d'affaires.

— Je ne te comprends pas.

— Tu vas comprendre. Je prendrai ce bureau sous un nom supposé, et non seulement je retrouverai Paulette Hornn, mais peut-être aussi l'assassin.

La Daltès le regarda, très intriguée.

— Tu es sur une piste ? demanda-t-elle. Tu as un plan ?

— A vrai dire, je n'ai pas encore de piste à suivre; quant au plan j'en ai un et un bon.

La cantatrice lui sourit.

— Mets-moi dans la confidence ? dit-elle.

— Curieuse, répondit Lugano, charmé d'intéresser celle qu'il aimait le plus au monde.

— Sans me flatter, reprit-il employant innocem-ment ce préambule des gens qui se trompent eux-mêmes : sans me flatter, je crois être un observateur. Le premier jour, je fus chercher moi-même les lettres à la poste restante, puis tu voulus y aller les jours suivants. Sans te le dire, je t'ai suivi chaque fois, et chaque fois j'ai remarqué qu'un homme courbé en deux, marchant lentement, s'appuyant sur une canne et portant des lunettes aux verres fumés, se trouvait devant le bureau et ne te quittait pas des yeux.

Evidemment, pour des raisons que j'ignore, cet homme dissimulait ses yeux et affectait une démarche caduque pour n'être point reconnu.

Tout d'abord je crus deviner en lui un agent de la police secrète. Mais comme le même fait s'est renouvelé chaque jour, sans interruption, depuis l'ouverture de notre campagne et que tu n'a rien à démêler avec la justice, j'abandonnai bien vite l'idée de l'agent pour me persuader, vu notre insuccès constant, que cet individu n'était autre qu'un espion envoyé par l'assassin que nos annonces mettent sur ses gardes.

Avant-hier, l'envie me prit de te quitter pour suivre l'homme aux lunettes noires ; mais je n'ai pas mis à exécution cette résolution qui était imprudente et aurait pu tout compromettre.

— Et que feras-tu dans ton cabinet d'affaires ? interrogea Emilia, voyant que Lugano ne parlait plus.

— J'attendrai... Vois-tu, Lia, la presse ne nous a pas encore rendu tout ce qu'on peut attendre d'elle. Jusqu'à présent, nous avons fait de naïve besogne en agissant à visage découvert. Nos pièges étaient trop enfantins pour le gibier que nous voulons prendre. Avec des gens de cette espèce, il faut ruser ; tranchons le mot, il faut mentir. Eh bien, si nos cent et quelques annonces sont restées sans effet, celle-ci, n'aura pas la même déveine, je te l'affirme.

Il tendit à la Daltès une feuille de papier sur laquelle elle put lire :

« *Succession* : TROIS MILLIONS. — Mme Paulette Hornn, maîtresse de maintien, ayant habité la rue de Laval, à Paris, est priée de passer chez M. Decourt, 10, place Louvois. »

Quel est ce M. Decourt ? fit Emilia.

— C'est moi, répondit Lugano.

— Et tu veux donner trois millions ?

— Non pas, les offrir seulement... C'est un maître miroir où viendront donner les alouettes et aussi les éperviers... *Le Figaro* insérera cet entrefilet demain. Tu me céderas bien un domestique, pendant quelques matinées, pour donner une bonne odeur d'aisance et de sérieux à mon cabinet.

Quarante-huit heures après cette conversation, comme le faux M. Decourt arrivait à son bureau de la place Louvois, son domestique — un valet très décoratif et très discret de la cantatrice — lui remit une petite carte parcheminée au nom de miss Paulette Hornn.

Certes, Lugano était sûr de la victoire ; il comptait bien sur cette visite ; mais il ne l'attendait pas si tôt.

Un succès si prompt le confondait.

— Faites entrer, dit-il pourtant.

La porte entr'ouverte livra passage à une femme dont la figure était complètement dissimulée derrière un voile épais. Sa mise était celle d'une petite bourgeoise ; elle avait l'air timide, même embarrassé. Elle s'assit gauchement sur le siège que lui désignait l'homme d'affaires.

Lugano espérait que sa visiteuse parlerait la première, mais il fut déçu dans son attente, et, dans les dispositions hésitantes où il se trouvait ce silence voulu ou non augmenta son trouble.

Le métier de juge instructeur ne s'apprend pas en un jour ; Lugano se comparait à l'acteur qui attend un mot pour donner la réplique. Et toujours la femme demeurait immobile et silencieuse. D'ailleur le voile le gênait. Les juges ont au moins la faculté de faire découvrir les visages. Sous ce voile, peut-être aurait-il reconnu Paulette au signalement donné par M᷉ du Valdamour.

Ce voile le mettait incontestablement dans une position d'infériorité, puisque la femme pouvait le dévisager à son aise, tandis qu'il lui était impossible de deviner le jeu de sa physionomie, à elle, derrière son triple rempart de tulle.

Par un surcroît d'ironie, toute la lumière allait à son propre visage. Il comprit que prolonger ce silence serait ridicule et maladroit, et demanda en regardant la carte sur son bureau.

— C'est bien à mademoiselle... à miss Paulette Hornn que j'ai l'honneur de parler ?

Elle fit un signe de tête affirmatif et murmura .ssez bas :

— Oui monsieur.

— Professeur de bonne tenue ?

— Oui.

— Ayant demeuré rue de Laval ?

— Oui.

— Vous possédez des papiers établissant votre identité ?

— Oui.

Ce « oui » répété quatre fois sur la même intonation de leçon récitée commençait à porter sur les nerfs du nouvel homme d'affaires. Il en voulait presque à cette jeune fille d'être si sûre d'elle-même et de se tenir sur une prudente réserve en ne bavardant pas plus. Ce début ne lui plaisait guère, car, pour parler comme au tribunal, la direction des débats semblait lui échapper.

Il reprit, redoutant par avance d'entendre encore un oui :

— Ces papiers vous les avez sur vous ?

— Non, monsieur.

Lugano respira et reprit du coup son aplomb en voyant s'éloigner l'explication relative à son annonce.

— Ce contre-temps est fâcheux, mademoiselle, murmura-t-il ; les affaires de ce genre traînent toujours assez en longueur, mais c'est rarement le principal intéressé qui y apporte du retard.

La jeune fille ne souffla mot.

Le faux M. Decourt réfléchit un instant.

— L'espoir de toucher cette somme fabuleuse la trouble au point de lui enlever l'usage de sa langue, pensa-t-il, ou bien cette petite n'est pas Paulette Hornn et se tient habilement sur la défensive, par crainte de commettre une erreur.

Pour la dernière fois son regard essaya de percer le rempart de la voilette.

— Si vous le voulez bien, dit-il plus haut, j'aurai l'honneur de me présenter à votre domicile.

— Quand cela ?

— Dans l'après-midi... Veuillez me donner votre adresse ?

— 5o, rue de Rome.

— Tiens, tiens ! 5o, rue de Rome..., à quelle étage ?

— Au quatrième, à droite.

— Oh ! mais, s'écria Lugano en se dressant. Savez-vous, mademoiselle, qu'il s'est commis-là un crime ?

— Non, monsieur, je l'ignorais.

L'intendant de la Daltès avait espéré tirer un meilleur effet de cette coïncidence, mais la statue qu'il avait devant lui ne s'anima pas et lui-même en fut presque démonté.

Il avait dit vrai pourtant. On se souvient encore de ce gendarme qui assassina sa maîtresse au 5o de la rue de Rome. Croyant n'avoir été vu par personne, l'inculpé se renfermait dans un système très serré de négation quand, dans la salle des assises, l'apparition de la mère de sa victime le frappa de terreur. Il avoua son forfait et, tout gendarme qu'il fut, faillit se trouver mal.

Au lieu de raconter tout simplement ce drame, Lugano se trompa intentionnellement et fit le récit de celui de la rue de Laval, épiant sa visiteuse, espérant qu'un geste, un mot la trahiraient ; mais cette fois encore, il éprouva une déception et en fut pour ses frais de tactique.

Pas tout à fait cependant, car il lui parut que son indifférence était trop grande pour ne pas être affectée.

Comme il venait d'achever son récit, un coup discret fut frappé à la porte et le valet décoratif pénétra dans le cabinet porteur d'une nouvelle carte de visite.

En prenant cette carte, la main de l'homme d'affaire eut un frémissement et il tressaillit des pieds à la tête.

Comme la première, cette seconde carte était petite, parcheminée et portait le nom de miss Paulette Hornn.

— Faites attendre, dit-il au domestique.

Il ajouta, lorsque la porte fut refermée :

— Ce qui m'arrive est véritablement singulier. Ne vous connaîtriez-vous pas, mademoiselle, une parente qui porte votre nom et votre prénom ?

— Je ne vous comprends pas, monsieur, répondit la visiteuse. Une autre personne viendrait-elle réclamer l'héritage ?

— Mon Dieu oui... Du moins, c'est à présumer... Je ne vois en effet quel autre motif... Tenez, voyez, mademoiselle.

Il lui passa le petit carton qu'on venait de lui remettre.

— Eh bien monsieur, fit-elle d'un air piqué, vous examinerez nos papiers. Les miens vous prouveront je l'espère que seule j'ai des droits.

L'homme d'affaires la reconduisit sur ces mots.

Dans l'antichambre, s'il eut conservé le sang-froid nécessaire, en pareille occurence il aurait vu que sa première miss Paulette regardait à droite et à gauche, et remarqué qu'elle s'était arrêtée brusquement, comme une personne frappée d'étonnement. En effet, la visiteuse pensait trouver là sa concurrente, mais l'antichambre était vide.

On n'entreprend pas un métier de donneur de millions sans prévoir les compétitions : Lugano les avait éventées de longue main et s'était avisé, pour éviter les rencontres fâcheuses, d'installer une double sortie. Comme on le voit, la solitude du vestibule n'avait rien d'anormal, si ce n'est cependant pour une personne ignorante de l'installation.

Par exemple, si l'intendant de la Daltès avait bien pris ses précautions d'avance, il remplissait fort mal son rôle d'inquisiteur et laissa passer sans s'en apercevoir le mouvement de la dame voilée.

Rentré dans son cabinet, il donna l'ordre d'introduire la seconde miss Paulette Hornn.

Ah! elle n'avait pas les manières timides et dissimulées de la première, celle-là. Elle entra délibéremment, le visage découvert. Un visage bien frais, tout rose, éclairé par deux beaux yeux noirs et brillants.

— Je crois parler à M. Decourt? dit-elle d'un petit ton cavalier en s'asseyant bien commodément avant même d'y avoir été invitée.

— A lui-même, mademoiselle.

— Alors ne perdons pas notre temps et causons vite... Vous m'avez fait un peu attendre avec votre domestique... un bel homme... Je viens pour l'affaire, vous savez? Où sont les trois millions que vous avez à me remettre?

— Peste! pensa Lugano, celle-ci cause pour l'autre. Et tout haut :

— Les trois millions sont pour miss Paulette Hornn... si vous êtes cette personne...

— En douteriez-vous? l'interrompit-elle avec vivacité... Ma foi, si nous nous connaissions mieux, cette parole serait une insulte... Ne vous récriez pas, j'ai toutes les condescendances, et suis particulièrement bien disposée aujourd'hui... Mon identité est commode à établir, d'ailleurs. Je suis née, il y a quelque vingt ans, dans une cave humide de Commercial Road East, London. Ma mère, Martha Sanpoli était italienne et c'est d'elle que je tiens la couleur de mes cheveux. Quant à mon père César Hornn, un irlandais, il nous parlait souvent d'un sien frère qui s'était expatrié en Amérique...

C'est celui-là qui est l'oncle à héritage, hein?... Au fait, voici tous mes actes, vous pouvez les examiner, si ce n'est pas un labeur au-dessus de vos forces... Ah ! j'allais oublier le plus important : jusqu'à la mort de mon père, j'ai vécu à Londres dans une pension fashionable du West-End. Je ne sais si mon père avait fait fortune, toujours est-il qu'il payait. Mais à sa mort, sans un sou vaillant, l'idée me vint de me transporter à Paris où je dus donner des leçons de décence et de maintien pour vivre. En dernier lieu je demeurais rue de Laval. J'habite maintenant rue Montholon, au 36... Si ces renseignements vous semblent insuffisants, c'est que vous y mettrez du mauvais vouloir. Moi, je me déclare incapable d'en fournir d'autres !...

Elle s'arrêta essoufflée comme bien on pense, car toute cette longue tirade embrouillée avait été débitée d'un trait, sans point, sans virgule, et sans qu'il fut permis à l'homme d'affaires de placer un seul mot.

Tout en écoutant cette verbeuse personne, le faux M. Decourt admirait la longueur de son haleine et se demandait :

— Où donc ai-je déjà vu cette figure-là ?

Cette question restait insoluble. La mémoire lui manquait apparemment.

Certes, il comprenait bien qu'il n'avait pas devant lui la miss Paulette dont Yvonne du Valdamour lui avait tracé le portrait. Mais, fait beaucoup plus embarrassant pour lui, les preuves d'identité fournies par cette intrigante le mettaient au pied du mur.

Il était pris à son propre piège.

Qu'allait-il faire ?

Après tout, Mᵐᵉ du Valdamour se serait-elle trompée ou bien aurait-elle été abusée ? Le garçon d'hôtel Alexandre, par ce qu'il en savait, était bien capable d'avoir forgé un conte.

Avait-il devant lui la véritable Paulette Hornn ?

Une jolie fille, c'est vrai, mais une maîtresse femme, n'ayant pas du tout l'air d'une Anglaise — ce qui pouvait paraître normal, sa mère étant Italienne — et bien capable de lui intenter un procès.

Ce qui ajoutait encore à son malaise, c'était l'attitude décidée de la réclamante.

Son long discours terminé, elle n'avait plus soufflé mot, mais ses yeux le regardaient sans contrainte, droit en face, et semblaient dire :

— J'attends.

— Mademoiselle, dit enfin Lugano redevenu calme en découvrant une sortie, croyez bien que je ne doute nullement de l'authenticité des pièces que vous venez de me remettre ; vous comprendrez néanmoins qu'étant chargé d'intérêts aussi graves, il me soit nécessaire de les contrôler pour ne pas paraître agir à la légère.

— En bon français, cela signifie que vous demandez du temps, n'est-ce pas ? Soit, monsieur... Combien de temps comptez-vous employer à ce rôle de contrôleur ?

— Quinze jours ou trois semaines, répondit l'homme d'affaires plus étonné que choqué des façons cavalières de son interlocutrice. Tout d'abord je dois écrire à Londres où vous êtes née et même, selon toute probabilité, je serai forcé de m'y rendre.

— Trois semaines ! c'est un peu long, dites donc... J'attendrai, puisque c'est votre métier d'user la patience des gens. Aussi bien je ne puis faire autrement. Au moins promettez-moi de dormir le moins possible... j'aurai la main large.

Lugano ne put s'empêcher de sourire.

— Comptez sur moi, mademoiselle.

VII

Conversation édifiante

Sans être précisément entre un picotin d'avoine et un seau d'eau, Lugano qui s'était indûment approprié le nom de Decourt aurait pu se comparer à l'âne de Buridan, car les deux femmes auxquelles il avait respectivement promis trois millions lui procuraient une certaine crainte au sujet des suites de sa témérité.

La première, à vrai dire, l'inquiétait assez peu, il espérait pouvoir s'en débarrasser sans trop de difficulté ; mais il n'en était pas de même de la seconde qui lui donnait fort à réfléchir.

Elle semblait avoir un caractère férocement résolu, cette seconde demoiselle Paulette et paraissait être décidée à ne pas se payer de mots. D'autre part, il n'y avait pas à se le dissimuler, elle produisait des actes signés : authentiques.

Lugano en avait la chair de poule.

Sans les trois semaines de répit qu'il venait de se faire accorder, il aurait peut-être abandonné cette affaire.

A la suite de sa conversation avec les deux compétitrices de l'héritage, il donna l'ordre au domestique de retourner à l'hôtel de la Daltès, ferma son bureau et remonta doucement jusqu'à la rue Montholon.

Arrivé au coin de la rue Cadet, il s'arrêta devant la porte cochère d'une maison où se balançait un écriteau d'appartement à louer.

Sans trop savoir pourquoi, Lugano pénétra jusqu'à la loge du concierge dont les murailles, luxe assez peu ordinaire étaient ornées de tableaux et de gravures de prix.

— Monsieur vient pour voir l'appartement, demanda le propriétaire de ce musée, homme ventru, assez petit, frisant la soixantaine et dont la figure pateline était éclairée par un regard intelligent.

Au lieu de répondre, l'intendant de la Daltès parut tomber en extase devant une petite peinture aux tons criards qui représentait, d'une façon assez réaliste, la scène où le pieux Joseph abandonne son manteau entre les mains de la Putiphar.

— Monsieur serait-il artiste? demanda le concierge remarquant avec une évidente satisfaction la direction du regard de son visiteur. Mᵐᵉ Damourette et moi, nous les aimons beaucoup, les artistes. Mᵐᵉ Damourette est mon épouse. Notre désir le plus cher aurait été de servir dans une maison comportant des ateliers; malheureusement, on ne fait pas ce que l'on veut et M. le maréchal ne les aime pas lui ; encore moins les journalistes.

— Je ne suis pas artiste, répondit Lugano, je suis simple amateur et, comme vous, j'ai la passion des œuvres d'art... De quel maréchal parliez-vous ?

— De M. le maréchal Lebœuf, donc, notre propriétaire. Il trouve que les journaux ont un peu trop bavardé sur son compte.

La porte de la loge s'entrebailla et une tête d'homme parut dans l'ouverture.

Lugano stupéfait, n'eut que le temps de s'effacer

derrière le renflement de la cheminée pour n'être pas remarqué par le nouveau venu dans lequel il venait de reconnaître sa bête noire, le vieux baron Therme de Paray.

— Père Damourette, dit ce dernier, je n'ai pas le temps de gravir les cinq étages de Mme Hornn. Ayez donc l'amabilité de lui dire que je l'attendrai ce soir pour dîner.

— Où cela ?

— Elle ne sera pas assez indiscrète pour vous faire cette question.

Et le baron se prit à rire bruyamment en refermant la porte, puis disparut sous la voûte.

— Mme Hornn habite ici, s'écria Lugano ; cela tombe à merveille. Je la savais dans la rue Montholon, mais j'avais oublié son numéro... A quelle heure la trouve-t-on ?

— Ma foi, monsieur, je serais fort empêché de vous le dire exactement. Il y a trois jours à peine qu'elle habite cette maison et j'ai déjà pu constater qu'elle rentrait à toutes heures.

— Trois jours, pensa à part Lugano, alors mon annonce était déjà publiée quand elle a emménagé ici.

— Sans ce monsieur qui vient de sortir et qui la protège, continua le concierge, je lui aurais donné congé dès le second jour.

— Ah ! ce monsieur !...

— Oui, il a payé un terme d'avance et donné trois louis à Mme Damourette.

— Peste ! voilà un homme généreux.

— M. le baron est en effet très généreux... Tiens, j'y pense, vous monsieur, seriez-vous amoureux de Mlle Paulette Hornn.

— Vous avez deviné, s'empressa de répondre Lugano, qui cherchait un moyen d'expliquer sa visite et était on ne peut plus satisfait de se le voir fournir. Mais j'ai vraiment peu de chance, et puisque ma fortune ne me permet pas de rivaliser avec ce nabab de baron, je renonce à mes amours.

Il s'excusa auprès du concierge de l'avoir dérangé inutilement et le pria de ne point parler de sa visite.

Revenu dans la rue, il se dit :

— Décidément, l'aventure dans laquelle je me suis embarqué pour faire plaisir à Lia se complique étrangement. Que vient faire là le baron ? Marcherait-il sur mes brisées ? Non, c'est impossible. Mais alors, quel jeu joue-t-il, celui-là ?

Soudain, il vit la protégée du vieux gentilhomme s'engager dans l'allée de l'immeuble confié à la garde des époux Damourette.

Cette femme était bien la même qui s'était présentée à lui seconde, sous le nom de Paulette Hornn. Le défaut de mémoire qui lui avait fait se dire dans son cabinet : « Où donc ai-je vu cette figure-là ? » n'existait plus. Il se souvenait parfaitement l'avoir rencontrée avec le baron Therme. Cette constation l'étourdit et lui fit plaisir tout à la fois.

Il trouva que l'écheveau s'embrouillait un peu trop, mais fut satisfait d'entrer en pays de connaissance.

— Si ce coquin de baron s'en mêle, pensa-t-il tout haut, c'est que l'affaire n'est pas propre... Comment les pincer ensemble ?... En raison même des précautions que semble prendre le vieux Therme, c'est au restaurant qu'ils dîneront. Le tout est de savoir auquel ?... Bah ! je vais attendre la sortie de Paulette et je la filerai... Si elle allait me reconnaître ?

Il regarda autour de lui et ne fut pas peu stupéfait de se voir entouré par une douzaine de badauds que son monologue intéressaient.

Le jeune Vénitien n'était pas trop patient d'habitude et se serait disputé pour une indiscrétion moindre, mais il comprit que son intérêt, pour le présent, était de ne pas se montrer trop ombrageux et souriant à ceux qui le prenaient pour un fou, il pénétra dans la boutique d'un marchand d'habits de la rue Lamartine.

Là, ayant troqué ses vêtements contre une défroque d'occasion, après s'être entouré le cou d'un foulard et coiffé d'un feutre mou, il se jugea méconnaissable.

Pour bien juger l'effet de sa transformation, les mains dans ses poches, il sortit de la boutique jusqu'à laquelle les curieux lui avaient fait escorte. Il en restait quelques-uns. Il passa au milieu d'eux sans attirer leur attention.

Cette épreuve le mettant tout à fait à son aise, Lugano revint devant la maison du maréchal Lebœuf et se mit à arpenter le trottoir, sans perdre de vue la porte cochère. Sa faction, d'ailleurs, fut de courte durée. La seconde miss Paulette ne tarda pas à reparaître. Lugano lui emboîta le pas. Elle descendit en trottinant la rue Cadet, le faubourg Montmartre, prit les boulevards à gauche et, au coin du boulevard de Strasbourg, pénétra hardiment chez Maire, dont elle traversa la grande salle comme une personne qui connaît les êtres, et monta l'escalier communiquant aux cabinets particuliers.

L'intendant de la Daltès s'approcha d'un garçon de salle et lui mettant un louis dans la main :

— Connaissez-vous la dame qui vient d'entrer ? demanda-t-il.

— De vue, oui, monsieur ; elle vient parfois ici
trouver quelqu'un.

— Ce « quelqu'un » est-il déjà au rendez-vous?

— Je ne pense pas, monsieur, du moins il n'est
pas passé par cette salle. En tous cas c'est un homme
très exact et il ne se fera pas attendre désormais, car
c'est son heure.

— Dites-moi, le cabinet contigu à celui que ces
gens vont occuper est-il libre ?

— Il est libre, répondit le garçon qui prit un air
d'entente hypocrite parce qu'il se disait : « C'est le
mari! »

— Pourriez-vous m'y conduire?

— Certainement, je suis aux ordres de monsieur.

En redescendant, le garçon pensait :

— Sont-ils assez jobards, ces maris de la haute.
Ah! je puis bien l'*être* avec madame mon épouse de
la gauche, jamais l'idée ne me viendra d'aller constater ; c'est des passions vicieuses, comme on dit.

Ce garçon était Picard et quelque peu cousin
d'Alexandre, le serf de Mlle Oliva Obusier; c'est de
lui qu'il tenait ces principes de conscience et cette
intempérance de langage.

Dans son cabinet, ayant sur la table les quelques
mets froids qu'il s'était fait apporter pour ne plus
être dérangé, Lugano se livrait à une minutieuse
inspection des murs, les sondant avec une indiscrétion remarquable, en appuyant sur la muraille le
revers d'une de ses mains dans la paume de laquelle
il frappait ensuite un petit coup sec, comme font
les médecins dans le dos et sur la poitrine des phthi-
siques qu'ils auscultent.

Grâce à ce stratagème qui n'est guère mis en pratique chez nous pour sonder les parois d'une mai-

son, mais qui jouit, paraît-il d'une certaine réputation auprès des connaisseurs de Venise, l'homme d'affaire *in partibus* de la place Louvois ne tarda pas à se convaincre que pas une seule parole prononcée dans le cabinet voisin ne pourrait lui échapper, tant la cloison de séparation était mince.

En effet, à peine venait-il d'entamer une appétissante tranche de jambon qu'il resta le couteau suspendu, la fourchette juste à mi-chemin de l'assiette à ses lèvres, en entendant une porte s'ouvrir et une voix bien connue de lui, commander son menu.

Sans la certitude qu'il avait d'être seul, il aurait juré que cette voix parlait dans son propre cabinet, derrière lui.

Nous ne mentionnons même pas la ressemblance qu'avait cette voix avec celles des esprits familiers, car Lugano n'était pas un sceptique, ayant été dès son enfance habitué aux pratiques superstitieuses de sa mère adoptive et de sa petite sœur, et si cette pensée lui fût venue, le sang-froid dont il avait besoin se serait évanoui en lui.

— Eh bien, Jacqueline, dit tout-à-coup la même voix, où en est notre affaire ?

— Jacqueline ! murmura le solitaire du cabinet particulier, quel est ce nouveau mystère ?

— Mon cher, répondit une seconde voix — celle de la deuxième visiteuse du cabinet d'affaires — tu sais bien que je suis héritière de trois millions et me nomme désormais miss Paulette Hornn.

— Oh ! entre nous, à quoi bon ?

— Ça aide à ne pas se tromper devant les autres… Dis donc, tu ne me fais pas aller pour l'œil au moins.

— Quel langage, pensa Lugano.

— Chose promise, chose due, ma chère répondit le voisin; tu auras tes trois cent mille francs.

— Et si je voulais davantage? Car enfin, c'est maigre.

— Davantage ! s'écria l'autre sur un ton de colère. Ah ! mademoisslle Jacqueline Froimivelle, qui trop embrasse mal étreint, vous savez. Ne me forcez pas à vous rappeler vos faits et gestes, là-bas, du côté de Rambouillet, avec votre forçat de père. Je n'aurais qu'un mot à dire... Mais vous me comprenez et vous serez raisonnable. n'est-ce pas ?

La jeune fille laissa échapper un bruyant éclet de rire.

— Eh bien, qu'as-tu donc ? demanda l'homme.

Elle répondit sur un ton agressif:

— Je crois vraiment que vous me prenez pour une sotte, mon cher.

— Hein !

— Mon Dieu, oui. Une menace dans votre bouche est chose passablement risible, car je sais tout, voyez-vous ; tout, absolument tout !... Vous n'êtes pas plus baron Therme de Paray que je ne suis moi-même Anglaise. Vous vous nommiez Berr... Berr ! Un fichu nom qui donne froid... Ah ! si je voulais parler, moi aussi, et dire tout ce que je sais...

Lugano tendit avidement l'oreille, espérant que Jacqueline parlerait. Mais elle garda le silence, et il n'entendit qu'un juron étouffé du baron.

— Soit, reprit ce dernier après une pose, nous sommes logés à la même enseigne et n'avons pas que des douceurs à nous dire. Faisons la paix et parlons un peu de ce Decourt, l'agent d'affaires... Quel homme est-ce ?

— Un homme fort bien.

— Je n'en doute pas... Que t'a-t-il dit ?

— Qu'il croyait à l'authenticité des actes que tu m'as donnés ; mais qu'un contrôle lui semblait nécessaire... Ce contrôle demandera trois semaines.

— C'est tout ?

— Oui.

— Alors nous tenons les millions.

— Les actes sont donc véritables ?

— Parbleu ! S'il parvenait à en trouver d'autres, ce sont ceux-là qui seraient faux.

FIN DU TOME DEUXIÈME

Grande Imprimerie de Troyes, 126, rue Thiers